오늘도 우당탕탕 ✸ 못 말리는 보통 가족

Text by Jutta Nymphius
Originally published under the title:
Total irre
© Tulipan Verlag GmbH München / Germany, 2022
www.tulipan-verlag.de
This Korean edition is published by arrangement with Tulipan Verlag through Greenbook Agency, South Korea.

오늘도 우당탕탕
못 말리는 보통 가족

유타 님피우스 지음 | **전은경** 옮김

곰곰

청각장애인들의 세상이

온갖 소리로 가득하다는 사실을 보여 준

아델리나에게 진심으로 감사하며

차례

어린 야생동물

새끼 멧돼지들은 태어나자마자 서로 포개져서 한 무더기를 이룬다.
2~3주 동안 숲속의 움푹한 곳에 서로 껴안고 누워 있는데,
털 무늬 때문에 거의 눈에 띄지 않는다.
이 세상은 굶주린 곳이고,
남의 관심을 끄는 것보다 더 위험한 일은 없어서다.

나는 이 문장을 홀린 듯 뚫어지게 바라봤다. 아주 작고 눈에 잘 띄지 않았지만, 바로 뒤에서 울려대는 경찰차의 사이렌 소리 같은 효과가 있는 문장이었다. 그렇다, 이 세상은 굶주린 곳이다. 최근에 정말 딱 이렇게 느꼈다! 나는 위험이 가득한 야생에 버려져 이빨을 가는 맹수들에게 에워싸인 채 어쩔 줄 몰라 하

는 희생자였다. 맹수 대부분은 선생님과 여자아이들의 모습으로 나타났다.

엄마의 협탁에서 자주 훔쳐보는 잡지 〈재미와 사실〉에 실린 기사를 더 읽으려고 몸을 일으켰다. 기사 제목은 '어린 야생동물—우리가 성장에 대해 동물 세계에서 배울 수 있는 것'이었다. '자연과학에서 일반화는 위험하지만, 남의 눈에 띄는 것보다 더 유해한 일은 없다는 사실만은 확실하다. 튀지 않고 남의 눈에 띄지 않는 가장 간단한 방법은 주위 자연환경의 색조와 무늬에 맞추는 것이다.'라는 글이 이어졌다.

바로 그 순간, 부엌에서 재앙을 알리는 소음이 들려왔다. 지이잉, 윙윙, 끼익 끽. 그런 다음 갑자기 덜커덩 소리가 들리더니 욕설과 비명이 그 뒤를 이었다.

"아야, 빌어먹을!"

"기다려, 아직 아니야!"

"사람 살려!"

나는 한숨을 쉬며 쿠션에 다시 주저앉았다. 부엌에서 들려오는 소음이 더 커졌다. 이제는 엄청난 힘으로 움직이는 철거용 쇳덩이가 작업을 시작한 듯한 소음이었다. 천장에서 석회가 떨어지는지 확인하려고 무의식적으로 손을 뻗었다. 아니, 아직 그 정도는 아니었지만 무슨 일이 일어날지 모르니 각오를 단단히

해 둬야 했다. 그건 확실했다. 틀림없이 엄마가 아빠의 '일상을 편리하게' 만들어 주려고 뭔가 또 아주 특별한 아이디어를 냈을 것이다. 집이 온통 이런 천재적인 아이디어 제품들로 가득했는데, 안타깝게도 아주 소소한 단점이 하나 있었다. 제품들이 작동하지 않는다는 점이었다.

엉덩이 밑에서 뭔가 바스락거렸다. 원래 오늘 적당한 때에 엄마와 아빠에게 건네려던 편지를 실수로 깔고 앉아 있었던 것이다. 부엌에서 갑자기 들려오는 요란한 소리에 보고 있던 잡지 페이지가 떨렸다. 어쨌든 지금은 편지를 건네기에 그다지 적당한 때가 아니다. 의심할 여지 없이 말이다.

'또 동물들은 무리에 속해 있으면 더 안전한데, 포식자가 모두를 동시에 공격할 수 없기 때문이다. 무리 지어 있으면 무리 내의 각 개체에 대한 보호 효과가 엄청나게 크다. 특히 무리의 어린 구성원들에게는 더욱 그렇다.'

부엌에서 나는 드릴 소리는 이제 너무 커져서 그 진동 때문에 여기 내 침대에서도 귀가 따끔거릴 정도였다. 잡아먹히기 싫으면 남의 눈에 띄지 말아야 하고 주변 환경에 적응해야 한다고 이 기사에 명확하게 쓰여 있다. 그리고 개체가 소속된 그룹은 최고의 보호 기능을 제공한다. 그런데 이 그룹 자체가 돼지 구유에 놓여 있는 난초처럼 눈에 번쩍 띈다면 어떻게 해야 하지?

"카를리이이이이이이."

누군가 소리쳤다.

"카를리이이이이, 이리 와!"

이제 더는 부엌의 묵시록을 무시할 수 없었다. 한숨을 내쉬며 침대에서 다리를 뻗어 일어났다. 잠깐 망설였지만 결국 편지를 집어 들고 복도로 나갔다. 복도는 기이할 만큼 어두웠다. 아, 엄마가 문간에 서서 엄청난 체격으로 빛을 거의 차단하고 있군. 단 한 줄기 아주 작은 광선만이 엄마를 비집고 나와서 수줍게 비치고 있었다.

"귀리 비스킷이 없으면 곰곰이 생각에 잠길 수 없어. 게다가 귀리는 건강 식품이야."

엄마는 늘 이렇게 주장한다. 초콜릿을 두툼하게 입힌 면도 건강한지 꼭 한번 물어보고 싶다. 거기다 내가 볼 때 엄마는 너무 자주 곰곰이 생각에 잠긴다. 다른 엄마들은 요가를 하는데 말이지.

내 발소리를 들은 엄마가 몸을 돌려 한 걸음 옆으로 비켜서더니 환하게 웃으며 말했다.

"봐, 내가 새로운 걸 조립했단다."

또 시작이군. 나는 망설이며 주춤주춤 부엌에 들어섰다. 아빠가 리모컨을 들고 팔을 뻗은 채 앉아 있었다. '아빠가 온 집안일을 이른바 자동으로 조종할 수 있다는 스마트폰과 리모컨을 헷갈리지 말아야 할 텐데.'라는 생각이 머릿속을 스쳤다. 나를 본 아빠의 얼굴이 엄마만큼이나 환하게 빛났다. 인류의 크나큰 수수께끼 가운데 하나는 이스터섬의 석상들이 어디에서 왔는지 또는 잭 더 리퍼가 실제로 누군지가 아니라, 우리 부모님이 도대체 어떻게 이렇듯 흔들리지 않는 자신감을 가지고 있는가다. 특히 엄마의 발명품에 관해서라면 더더욱 그렇다.

"해도 돼?"

아빠가 이제 곧 크리스마스 선물 포장을 뜯어보게 될 아이같이 흥분한 목소리로 물었다.

그때 현관 초인종이 울렸다.

"내가 갈게요."

나는 얼른 소리치고 다급하게 몸을 돌려 부엌을 빠져나왔다. 단지 몇 분에 불과하더라도, 어쨌든 재앙에서 도망칠 수 있어 기뻤다.

"안뇽."

현관문을 열자마자 흥겨운 목소리가 울려 퍼졌다.

"안뇽하세요, 홀거 삼촌."

나는 그다지 흥겹지 않은 목소리로 대답했다. 홀거 삼촌이 자기 이름을 못 견뎌 한다는 사실은 나도 물론 알고 있었다. 홀거 삼촌은 스스로를 견디지 못하는 점이 몇 개 있었는데, 정확하게 그게 뭔지는 지금까지 삼촌도 모른다.

"아직도 시도하는 중이야."

삼촌은 늘 이렇게 말했다. 유감스럽게도 우리 집에서 시도하는 일이 너무 잦았다. 그러면서도 말로는 아빠를 '응원하기 위해' 우리 집에 온다고 했다. 하지만 대부분은 반짝이 재킷이나 벨벳 치마, 반짝이 구두 등 새 옷이나 신발을 걸치고 와서 우리에게 감탄을 강요하곤 했다. 또 우리더러 늘 새로운 이름으로 자기를 불러 달라고 말했다.

"마리아라고 불러."

홀거 삼촌은 지금도 다급하게 덧붙이더니 현관에서 재킷을 벗어던지고 퍼프소매가 달린 은색 블라우스를 자랑스럽게 내보였다.

"나 어때?"

"이제 제발 좀 해 봐도 돼?"

아빠가 초조하게 소리쳤다.

홀거 삼촌은 괴상한 사람이긴 해도 바보는 아니었다.

"아이고, 세상에. 엄마가 또 뭔가 만들었니?"

삼촌이 속삭였다. 내가 침울한 얼굴로 고개를 끄덕이자 삼촌은 위로하듯 내 뺨을 쓰다듬고는 단단히 각오한 표정으로 몸을 꼿꼿이 펴고 부엌으로 성큼성큼 걸어가며 말했다.

"자, 그럼 어디 가 볼까!"

엄마가 뭔가 묻듯이 홀거 삼촌을 바라보았다.

"안녕……?"

"마리아."

삼촌이 미소를 지으며 대답했다.

"안녕, 마리아."

엄마가 인사를 건넨 후에 건장한 두 팔을 활짝 펼쳤다. 한 손에는 여전히 전동드릴을 든 채여서 휠체어에 앉아 있던 아빠는 케이오 당하지 않으려고 얼른 고개를 뒤로 쭉 당겨야 했다.

"이제 여러분은 유일무이한 발명품의 증인이 될 거야. 단추만 누르면 이 찬장이 내려와서 열릴 뿐 아니라……."

엄마가 검지를 치켜들었다.

"선반과 함께 레일이 나와. 그래서 사샤가."

여기서 엄마는 말을 끊고 사랑이 가득한 표정으로 아빠의 뺨을 쓰다듬고는 말을 이었다.

"아주 편하게 접시를 꺼낼 수 있어."

엄마는 박수갈채를 바라는 얼굴로 나와 홀거 삼촌에게로 몸을 돌렸다. 삼촌은 용감하게 미소를 지으며 힘없이 엄지를 살짝 들어 올렸지만, 나는 도무지 긍정적인 눈빛을 짜낼 수 없었다.

"그동안 내내 들려왔던 소음은요?"

내가 조심스럽게 물었다.

"소소하게 실패한 시도였지."

엄마가 대답하고 우려를 밀어 버리듯이 드릴을 휘둘렀는데, 이미 충분히 예행연습을 한 아빠는 아주 노련하게 몸을 피했다.

"발명에는 실패도 포함되는 법이야!"

나는 '성공도 포함되죠.'라고 대꾸하고 싶었지만 아빠가 끼어들었다.

"얼른 시작해!"

가족은 뭉쳐야 한다. 힘든 시기에도 마찬가지다. 그래서 홀거 삼촌과 나도 합류해 엄마 아빠와 함께 찬장을 노려봤다. 아까처럼 지이잉 소리가 울리더니 나지막하게 딸깍 소리가 들렸다. 이제 정말로 찬장이 아래로 여행하기 시작했다. 그러고 아빠의 가슴 높이에서 멈췄다. 유령이 건드리기라도 한 듯이 부드럽게 찬장 문이 열리고, 쌓여 있는 접시들이 눈에 들어왔다. 우리가 성탄절에만 사용하는, 우시 할머니의 멋진 접시들이었다. 내 옆에 있던 홀거 삼촌이 소스라치게 놀랐다. 삼촌은 금빛 테두리를 두른 이 접시들을 무척 사랑했다. 덜커덩 소리와 더불어 찬장이 흔들리면서 접시들이 나지막하게 달그락대기 시작했다. 이제 정점만 남았다. 선반 바닥과 함께 밖으로 빠져나오는 레일이었다. 나는 숨을 멈춘 채 흥분해서는 삼촌의 손을 꽉 움켜쥐었다. 이런 정점은 늘 엄마의 발명에서 가장 위험한 부분이었다.

아무것도 움직이지 않았다. 아빠가 다급하게 리모컨을 이리저리 누르자 기적이 일어났다. 은빛 금속 레일이 부드럽게 윙윙대는 소리를 내며 접시를 잔뜩 실은 선반 바닥과 함께 앞으로 나온 것이다! 아빠는 예루살렘에 입성하는 예수를 맞이하는 이스라엘 민족처럼 환호성을 지르며 열광적으로 접시를 환영하려고 팔을 뻗었다.

하지만 완전히 다 빠져나온 레일이 기이하게 떨렸다. 처음에는 가볍게, 그러다가 점점 더 강도가 세졌다. 엄마가 우시 할머니의 접시를 한꺼번에 다 올려놓지 않았더라면 좋았을 텐데. 위협적으로 덜컹대는 소리가 짤막하게 나더니 요란한 소리와 함께 모든 것이 아래로 쏟아졌다. 바닥에 쌓인 엄청난 양의 깨진 그릇 조각들 사이에서 여기저기 삐죽 모습을 드러낸 금빛 테두리들이 번쩍번쩍 빛을 발했다.

입을 여는 사람은 아무도 없었다. 아빠는 실망해서 두 팔을 축 늘어뜨렸고, 홀거 삼촌은 당황한 표정으로 은색 블라우스를 잡아당겼으며, 엄마는 운동복 바지 주머니에서 귀리 비스킷을 꺼내 생각에 잠긴 얼굴로 씹기 시작했다.

나는 손에 여전히 편지를 쥐고 있다는 사실을 깨달았다. 단호한 마음으로 그걸 눈싸움할 때 눈덩이처럼 단단하게 구긴 다음, 성큼성큼 걸어가 쓰레기통에 던져 버렸다. 이 초대장을 엄마와 아빠에게 주지 않을 작정이다. 학급 파티에 우리 부모님이 참석하면 안 된다. 우리 부모님이 빠져도 로빈네 엄마 아빠처럼 참석할 사람은 차고 넘칠 테니까. 놀라울 만큼 눈에 띄지도 않고, 뚱뚱하지도 않고, 장애도 없는 사람들 말이다.

주위의 '색조와 무늬'를 받아들인다면 나는 아마 반짝이 옷을 입은 고도비만 휠체어 사용자가 될 테지. 어린 야생동물로 살아남으려면 가끔은 그룹이 변해야 하는지도 모른다.

날아다니는 꿈, 달리는 꿈

킨카주너구리는 기발한 기술을 동원해
앞으로 달리는 것만큼이나 빠르게 뒤로 달릴 수 있다.
발을 뒤집을 줄 아는 것이다.

"아빠, 괜찮아요?"

나는 부엌 문간에 선 채 믿을 수 없다는 표정으로 눈을 크게 떴다. 평소라면 위아래 눈꺼풀이 사이좋게 붙어 있을 이른 아침이지만 지금은 달랐다. 이 상황은 정말 너무나 우스꽝스러웠다. 아빠는 평소처럼 나에게 줄 코코아를 만드는 대신 부엌 한복판에서 휠체어가 앞뒤로 마구 흔들릴 만큼 격렬하게 팔을 휘두르고 있었다.

"어디 말벌이라도 나타났어요? 무슨 일이에요?"

아빠는 마지막으로 몇 번 더 팔을 휘두른 다음, 숨을 헐떡이며 나에게로 돌아서서 설명했다.

"아니, 훈련하고 있어."

아빠는 시위하듯 이두박근을 내보이려고 했지만 결과물은 변변찮았다.

"훈련?"

나는 일단 자리에 앉았다. 아빠는 타고난 운동선수가 아니었다. 하기야 그럴 순 없겠지. 어릴 때 병에 걸린 뒤로 아빠의 다리는 역할을 포기했고, 그 결과 상당히 많은 운동 종목을 미리 걸러냈다. 그래서 아빠는 점점 더 독서에, 그리고 나중에는 요리에도 집중했다. 무엇보다도 요리에 대해서는 엄마와 내가 이의를 제기할 이유가 전혀 없었다. 하지만 운동이라니? 나는 가느다란 팔이 매달린 아빠의 홀쭉한 상체를 대놓고 바라봤다.

"넵!"

아빠는 기대에 찬 눈길로 나를 봤다. 내가 질문해 주기를 기다리는 모양이었다. 그래서 고분고분하게 물어봤다.

"무슨 일로 훈련하세요?"

아빠는 극적인 긴장감이 넘치는 목소리로 대답했다.

"달리기에 참가할 생각이야!"

"어…… 아빠는 달릴 수 없는데요?"

내가 조심스럽게 반박했다.

"그렇지. 알려줘서 고맙구나."

아빠는 재미있다는 듯이 킥킥 웃었다.

"당연히 휠체어 경주를 말한 거야."

"아하."

달리 대답할 말이 떠오르지 않았다. 나는 어쩔 줄 모를 때면 늘 그렇듯이 페르디를 긁적이기 시작했다. 페르디는 내 수염이다. 아직 제대로 보이지는 않지만, 턱을 쓰다듬으면 이미 오래전부터 아주 뚜렷하게 느껴진다. 유감스럽게도 여전히 어린아이 살결처럼 부드러운 내 피부에서 수염은 맹렬하게 확고하고 빳빳한 저항을 시도하는 중이다. 검색해 보니 페르디는 튀르키예어로 '독특한 것'이라는 뜻인데, 지금 한 올뿐이니 '유일한 것'이었더라면 더 잘 어울렸을 것이다.

"넵."

아빠가 다시 대답했다.

"아이고, 네 코코아 끓어 넘치네!"

아빠는 노련하게 휠체어를 돌려 조리대로 달려갔다. 달리기에 최적화된 상태임을 나에게 보여 주려는 듯했다.

그래도 나는 캐물었다.

"아빠랑 아빠의 휠체어가 경주에 나갈 만큼 빠르다고 생각하세요?"

"아니, 카를리. 당연히 아니지."

아빠는 나에게로 돌아서서 행복한 표정으로 환하게 웃었다.

아빠의 얼굴에 내가 두려워하는 그 신뢰감이 또 나타났다.

"엄마가 새 휠체어를 만드는 중이군요."

낙담한 내 말에 아빠가 고개를 끄덕였다.

"오…… 바로 그거야. 바퀴가 세 개 달린, 제대로 된 경주용 휠체어를 네 엄마가 만들고 있어."

소리 없는 절망이 내 안에서 솟구쳤다. 집에 휠체어가 한 대 더 들어오다니! 내 시선이 구석에 평화롭게 서 있는 클레테에게로 향했다. 어마어마한 악의를 느낀 나는 양손으로 하트 모양을 만들어 클레테에게 슬쩍 내밀었다. 클레테는 곧장 격렬하게 번쩍이며 윙윙거렸지만, 내가 손을 내리자 실망하여 포기하고 다시 조용해졌다.

클레테는 엄마가 발명한 비상용 휠체어로, 어디든지 아빠를 따라다니다가 아빠 휠체어가 고장 나면 대용품으로 나설 목적으로 만들어졌다. 하지만 나는 이 도플갱어의 의미와 필요성을 제대로 이해할 수 없었다. 아빠가 혼자서 고비사막으로 장기 여행에 나서는 것도 아니니 말이다. 하지만 엄마는 말려도 포기하지 않았고, 아빠는 늘 그렇듯이 엄마의 사랑과 염려에 그저 감동하기만 했다.

클레테가 진정한 도플갱어처럼 아빠에게 딱 달라붙어 있도록 엄마는 특정한 표지에 반응하는 카메라를 휠체어에 달았다. 아빠는 그 표지를 아침마다 스웨터에 붙였고, 그러면 더는 클레테를 떼어 낼 수 없었다.

안타깝게도 발명의 단점도 바로 이 천재적인 아이디어에 있었다. 엄마는 처음에 클레테가 인식할 수 있는 표지를 원으로 정했는데, 클레테는 사방에서 발견되는 수많은 원 때문에 혼란에 빠져 온종일 이리저리 굴러다니면서도 정작 아빠는 모른 척했다. 그러다가 물방울무늬 블라우스를 입은 홀거 삼촌이 클레테에게 공격받자 엄마도 양보하고 원을 하트 표지로 바꾸었다. 그 이후 상황이 좀 나아졌고, 나는 클레테를 더 잘 골려 먹을 수 있게 됐다.

그런데 휠체어가 또 한 대 집에 들어온다고 한다. 경주를 위한 휠체어가.

"하지만 휠체어를 빨리 달리게 하는 것은 팔 힘뿐이잖아요. 아닌가요?"

나는 의혹을 감추지 않은 목소리로 물었다.

"맞아, 카를리."

아빠가 레인지후드에 대고 대답했다. 레인지로 돌아가서 내 코코아를 젓고 있었기 때문이다.

"그래서 훈련을 하려는 거야. 게다가 자선 목적의 행사란다. 우리와는 달리 형편이 좋지 않은 사람들에게 수익금이 돌아가지."

"하지만 아빠, 경기장 한 바퀴 거리가 상당해요. 400미터라고요. 그걸 해내야 해요!"

"어이, 젊은이. 누가 한 바퀴라고 했나?"

아하, 그러니까 기껏해야 짧은 구간만 달리는구나. 내가 막 안도의 숨을 내쉬려는데 아빠가 덧붙여 말했다.

"내가 제대로 알고 있다면 거의 네 바퀴야. 총 1,500미터지."

나는 당황해서 아빠의 등을 노려봤다.

"뭐라고요? 아빠, 제정신이에요? 1,500미터라면 내가 겨우 해낼 만한……."

나는 문장을 끝마칠 수 없었다. 아빠가 거품기를 코코아에 세차게 집어넣는 바람에 코코아 몇 방울이 튀어 뜨거운 전기레인지에 쉭쉭 소리를 내며 내려앉았기 때문이다. 아빠는 휙 몸을 돌려 위협적일 만큼 무서운 속력으로 나를 향해 휠체어를 굴렸다. 그러고는 발받침대로 내 정강이 뼈를 치고서야 멈춰 섰다.

"아야!"

내가 투덜거렸다.

하지만 아빠는 내 통증에는 관심이 없었다. 얼굴을 바짝 들이댄 채 화가 나서 눈을 번뜩이며 나를 노려봤다.

"그래서 네가 뭘 할 수 있다고? 달리기? 알려줘서 고맙구나. 달리지 말라고 나를 설득할 셈이냐? 정확하게 네 문제가 뭐지? 내가 매일 조리대 앞에 서서 즐거워한다고 생각하니?"

"앉아서."

나는 부드럽게 아빠의 말을 고쳤다.

"아빠는 조리대 앞에 앉아 있어요."

이런 대꾸는 싹싹하지 않다. 나도 안다. 도대체 어떤 악마가 지금 나를 부추기는지 모르겠다. 아마 지옥의 끝판왕 악마가 직접 나섰겠지.

우리는 한동안 서로 노려보았다. 아빠에게 내 문제가 뭔지 어떻게 하면 확실하게 알려줄 수 있을까? 모든 것은 완벽한 재앙으로, 그것도 이중의 대재앙으로 끝날 것이다. 늦어도 한 바퀴를 돌고 나면 아빠는 팔이 뻐근할 테고 다리는 어차피 사용하지 못한다. 설령 아빠가 한두 바퀴 더 도는 데 성공한다고 해도 엄마가 만든 경주용 휠체어는 목표 지점에서 한참 떨어진 곳에서 주저앉고 아빠는 처절한 치욕을 당할 것이다. 그것도 관중이

보는 앞에서!

"너는 나를 믿지 않는구나."

그 순간 아빠가 나지막하게 스스로 답하고는 몸을 돌려 조리대로 돌아갔다.

"내가 해내지 못할 거라고 생각하는 거야."

아빠가 레인지후드와 대화를 이어갔다.

"아이고, 참 나 원. 그게 문제가 아니에요. 그냥 이루어지지 않는 일도 많다고요. 왜냐하면……."

나는 잠깐 생각하다가 말을 이었다.

"이루어질 수 없는 일이니까요."

스스로 생각하기에도 설득력 있는 논거는 아니었다. 그러다가 좋은 생각이 떠올랐다.

"아빠, 내가 어렸을 때 꼭 하려고 했던 일이 있었나요? 다른 모든 일에는 신경도 쓰지 않고 완전 꽂혀 있던 거 말이에요."

나는 잔뜩 긴장한 채 기다렸다. 아빠는 내 어린 시절과 우리가 함께한 경험을 추억하기를 무척 좋아했다. 내면에 그 추억들을 깊고 안전하게 보관하고는 아주 소소한 일까지도 잊어버리지 않았다. 아빠는 두툼한 사진 앨범처럼 그 기억을 넘기면서 늘 즐거워했다.

이번에도 통했다. 아빠의 얼굴이 순식간에 환해졌다.

"그래, 있었지."

아빠가 진지하게 대답하고 다시 나에게 왔다. 이런 식으로 계속 왔다 갔다 움직인다면 아빠에게 이두박근이 좀 생길 것 같기도 하군.

"너는 기필코 날고 싶어 했어! 네 살 9개월이 되자 더는 말릴 수 없었고, 나는 비행물체라면 그게 새든, 비행기든, 풍선이든 상관없이 뭐든 오려서 커다란 상자에 모아야 했지. 너는 이 모든 것을 유치원에서 얼추 비슷하게 만들려고 했어. 그걸 손에 들고는 경사로나 탑, 쿠션이 쌓여 있는 곳이라면 어디든지 올라가서 뛰어내렸지. 날 수 있는지 확인하려고 말이야."

아빠가 크게 웃음을 터뜨렸다.

"너는 유치원 선생님들을 힘들게 만들었어. 네 앞에서 안전한 건 아무것도 없었고, 너는 계속 어디론가 추락했으니까."

"추락했다고요."

정확하게 내가 찾던 바로 그 단어였다. 그래서 쪼아대기 시작했다.

"거 봐요. 내가 아무리 원해도 안 되는 게 있었잖아요. 아빠는 나를 설득하고 말리느라 애먹었겠네요."

명백하게 내가 득점했다. 나는 만족스럽게 양손을 비벼대고 싶은 마음을 꾹 눌러 참았다.

하지만 아빠는 내 득점을 인정하지 않았다.

"카를리, 아니야. 나는 당연히 너를 말리지 않았어."

아빠가 놀라서 반박했다.

"어, 아니라고요? 그럼 뭘 하셨는데요?"

"네 꿈을 이루기 위해 너랑 같이 노력했지! 우리는 몇 시간씩 함께 앉아서 온갖 비행기구를 스케치하고 설계했어. 또 숲으로 가서 새 깃털을 모아서 자세히 들여다보고, 공항으로 가서……."

아빠는 이제 제대로 설명에 열광하기 시작했다.

"그러니까 날 속였군요."

나는 싸늘하게 아빠의 말을 가로챘다.

"뭐라고? 아니야!"

"아니긴! 아빠는 내가 언젠가는 날 수 있다고 믿게 만들었어요. 하지만 날 수 있는 사람은 아무도 없어요. 그게 사실이니까요. 그러니까 아빠는 날 속인 거예요."

"아니, 그러지 않았어."

아빠는 도살당하기 직전의 돼지처럼 슬픈 눈빛으로 나를 바라봤다.

"카를리, 난 너를 속이지 않았어. 나는 그냥 너를 믿었다."

콜라주로서의 나

북극곰의 세계에서 새끼들에게 가족은 치명적인 위험이 되기도 한다.
300킬로그램까지 나가는 엄마 곰이 몸을 돌리다가
새끼를 압사시키는 일도 드물지 않게 발생한다.
새끼를 낳은 굴에서 엄마 곰이 불안하다거나 안전하지 않다고 느끼면
새끼를 잡아먹는 일도 있다.
수컷 북극곰도 새끼들을 사냥할 대상의 일부로 본다.

"왜 내 주변 사람들은 하나같이 제정신이 아닐까?"

"무슨 소리야?"

로빈이 뭔가 하고 있는 구석에서 흐릿한 말소리가 들려왔다.

"그렇잖아."

나는 의자에서 몸을 앞으로 숙이고 말을 이었다.

"좀 덜 이상하고 좀 더…… 다른 사람들과 비슷하면 안 될까?"

그러고는 로빈이 내 문제에 해결책을 제시할지도 모른다는 괴상한 희망을 품고 애원하듯 그 애를 빤히 바라봤다. 사실 나는 우리 가족이 도대체 언제부터 문제가 됐는지 정확하게 알지 못한다. 어릴 때는 그런 느낌이 없었고, 오히려 우리 가족이 이 세상에서 최고라고 굳게 믿기까지 했다! 하지만 언젠가부터 이런 생각이 바뀌더니 마법 같은 변화가 서서히 일어났다. 불현듯 나는 엄마와 아빠, 홀거 삼촌을 내 눈이 아니라 다른 사람의 눈으로 보기 시작했다. 그러자 코미디 쇼에 마침맞게 어울릴 법하지만 학부모 모임이나 학급 파티와는 전혀 거리가 먼 기괴한 트리오가 눈에 들어왔다. 우리가 함께 외출하면 야간 조명 밝기의 서치라이트가 내내 우리를 따라오는 느낌이 들었다. 우리가 벌거숭이두더지쥐나 해룡이나 기타 등등 너무나 기괴한 동물이라도 되는 듯이 모두 우리를 빤히 봤다.

"왜 너나 나와는 달리, 평범하지 않지?"

"너는 수염에 이름을 붙이잖아."

로빈이 대형 이젤처럼 보이는 뭔가를 조립하면서 무뚝뚝하게 대답했다.

"그게 뭐 어때서?"

나는 얼른 턱에서 손을 뗐다. 페르디가 지금 이 일과 무슨 상관이람?

"아무 상관 없잖아. 하지만 그럼 뭐, 어쨌든 너랑은 달리 평범하지 않다고."

바로 그 순간, 문을 노크하는 소리가 들렸다. 로빈의 엄마가 과일이 담긴 접시를 들고 들어왔다.

"안녕, 카를리."

아줌마가 나에게 인사를 건네고 접시를 탁자에 내려놓으며 아들에게 물었다.

"우리 아들, 다 잘했니?"

"그럼요, 엄마."

로빈이 어깨 너머로 대답했다.

"밥도 먹었고, 넬레도 이미 숙제를 마쳤어요."

아줌마는 오후에나 퇴근하기 때문에 로빈은 매일 여동생을 학교에서 데려와 집에서 돌봤다.

"아주 잘했어."

로빈 엄마가 출근할 때 입었던 딱 붙는 치마를 손바닥으로 반듯하게 쓸었다.

"윤리 수업 발표 준비는 잘 되어 가니?"

그러고 로빈의 뺨을 장난스럽게 꼬집으며 물었다.

"9일 후에는 제출해야 한다는 걸 잊지 마."

"그럼요, 엄마."

로빈이 다시 대답했다.

로빈 엄마는 만족스럽게 고개를 끄덕이고는 방에서 나가며 공부하는 우리에게 방해가 되지 않게 조용히 문을 닫았다.

나는 그저 가만히 앉아서 눈을 크게 뜬 채 이 모든 것을 내면 깊이 빨아들였다. 그래, 이래야 한다. 이게 바로 정상적인 생활이다. 세련된 옷을 차려입은 엄마가 건강 간식으로 사과를 내오고, 아들의 숙제가 뭔지 언제까지 해야 하는지 정확하게 알고 있고, 아들은 또 모든 일을 손쉽게 해낸다. 지나치게 많은 군것질거리도, 지나치게 개성 있는 휠체어도, 우시 할머니의 깨진 그릇도 없다.

그러니 내가 기저귀를 찰 때부터 베프인 로빈이 완벽한 평온함과 강점을 발휘하는 것도 놀랄 일은 아니다. 이 집에서는 틀림없이 거위 털 이불이 적어도 열 개는 쌓여 있는 킹사이즈 침대처럼 안전하다고 느낄 테니까! 바로 이 점이 로빈을 세상에서 가장 훌륭하고 믿을 만한 친구로 만들어 줄 테지. 유치원 때부터 로빈은 내가 잊어버리고 가져오지 않은 물건이 뭐든 항상 가지고 있었고, 나와는 달리 빵 도시락을 절대 잃어버리지 않았고, 우리가 함께 모은 달팽이가 상자에서 굶어 죽게 만드는 일도 없었다. 날려고 시도하는 나를 항상 잡아서 구해 준 것도 아마 로빈이었을 것이다.

그사이에 로빈이 조립을 끝냈다. 크게 뜬 내 눈에 이제 떡 벌어진 턱도 가세했다. 내 베프가 전문가용으로 보이는 대형 화이트보드 앞에 서 있었기 때문이다.

"이런 게 언제부터 있었어?"

"크리스마스 선물로 이걸 사 달라고 했지."

로빈이 아무렇지도 않게 대답했다.

"이게 있으면 더 편하게 계획을 짤 수 있어. 알아?"

"어, 그래. 물론 그렇지. 그럼 이제 계획을 짜 보자."

나는 얼떨떨해서 조금 멍청하게 대답했다.

로빈이 화이트보드에 붉은 마커로 우리가 발표할 주제를 크고 또렷한 글씨로 힘차게 썼다. '나는 누구인가?'

나는 망연자실한 채 제목을 뚫어지게 바라봤다. 이 질문에 대한 대답을 안다면 내 인생에서 멋지게 한발 더 나아갈 텐데.

"발표에서 우리는 내부뿐 아니라 외부의 인식도 고려해야 해."

로빈이 설명을 시작했다.

"에엥?"

"아, 그러니까 이런 질문에 전념해야 한다고. '나는 나 자신을 어떻게 보는가?' 그리고 '다른 사람들은 나를 어떻게 보는가?'"

로빈이 차분하게 설명했다.

무엇보다도 두 번째 질문에는 전혀 전념하고 싶지 않았다.

"예를 들어 '나, 시간 여행'으로 시작할 수도 있겠지."

로빈이 제안했다.

"조각 모음을 만들어 사진에 붙이는 건 어때?"

학교에 다니면서 콜라주를 얼마나 많이 만들었는지 기억도 나지 않았다. '콜라주'는 제2의 내 이름이었다. 하지만 뭐, 로빈은 우리 발표를 어떻게 이끌어야 성공적일지 알고 있을 테지.

로빈이 책상으로 성큼성큼 걸어가서는 다양하고 기이한 물품들을 꺼냈다. 사진, 잡지 그림, 깃털, 머리카락, 직접 그린 그림 등등이었다. 그러고 화이트보드 왼쪽 위에 '카를리', 오른쪽 위에 '리나', 아래에 '로빈'이라고 썼다.

이름만 봤을 뿐인데 나는 한겨울에 뜨거운 물이 담긴 욕조로 들어가는 것과 비슷한 상태로 변했다. **리-나!** 리나는 우리랑 같은 반이었는데, 그게 다른 여자아이들과 유일한 공통점이었다. 리나는 '**독특**'했으니까. 리나가 교실에서 돌아다니고 누군가에게 미소를 짓는 모습만으로도……. 이게 뭔지는 정확하게 모르지만 어쨌든 나는 언젠가부터 리나가 나타나기만 하면 페르디를 격렬하게 문질렀다. 그리고 내가 지금까지 목사님의 말을 믿은 적은 없지만, 하늘에 신이 존재한다는 것도 8일 전부터 믿게 됐다. 리나가 우리 발표 팀에 배정됐으니까!

나는 느낌이 만들어 낸 욕조에서 나와서 로빈이 이미 시작한 콜라주를 살펴봤다. 콜라주는 화이트보드에 붙인 다양한 사진과 물품으로 구성되어 있었다. 그런데 저게 뭐지? 로빈의 이름뿐 아니라 리나의 이름 아래에도 사진이 붙어 있고, 게다가 머리핀과 작은 목걸이와 판박이 문신까지 있었다.

"로빈, 저거 어디서 났어? 혹시 리나가 여기 왔었어?"

나는 쉰 목소리로 소곤거렸다.

"응, 그랬지."

로빈이 아무렇지도 않은 표정으로 대답했다.

나는 너무 놀라서 거대한 기구 하나쯤은 힘들이지 않고 채울 수 있을 만큼 숨을 많이 훅훅 내뱉었다. 로빈은 어쩜 저렇게 느긋하지? 리나가 여기 왔었다. 어쩌면 내가 지금 앉은 의자에 앉아서, 여신 같은 발로 바닥을 디뎠을지도 모른다!

"어……땠어?"

나는 초조해하며 캐물었다.

"흐음, 좋았지."

로빈은 화이트보드로 이미 돌아서서, 몇몇 사진을 시험해 보듯이 이리저리 밀었다.

"리나가 여기를 좋다고 생각했어? 너랑 같이 있는 걸?"

"카를리, 몰라. 아마 그랬을 거야. 생산적인 오후였으니까!"

로빈은 엄한 눈길로 나를 빤히 보다가 허리에 손을 척 얹었다.

"네가 리나를 좋아하는 거, 나도 알아. 걱정하지 마. 그 아이는 공부 때문에 여기 온 거니까. 너희 집에도 갈 거야. 걔가 그렇게 말했어! 이제 우리 발표에 좀 집중할 수 있을까?"

"응, 잠깐만."

나는 급하게 방 안을 훑어봤다. 그러니까 리나가 여길 괜찮다고 생각했고, 마음에 들어 했다 이거지. 그리고 우리 집에도 온다고. 하지만 그건 오히려 용기를 꺾는 일에 더 가까웠다. 지금 내가 보는 장면은 낡은 장난감과 지저분한 속옷, 엄청 많은 책과 잡지 들이 서로 치열한 패권 다툼을 벌이는 내 방과는 안타깝게도 딴판이었다. 하지만 그런 상태가 지속될 필요는 없지! 나는 로빈의 방을 다시 한번 자세히 살폈다. 청소와 정리가 잘 됐고, 예쁘게 꾸며져 있었다. 이건 인정해야 한다. 저 뒤편에는 싱싱한 꽃이 담긴 꽃병도 있네! 그래, 그렇지. 여자아이들은 저런 걸 좋아해. 잘 기억해야겠군.

"'나, 시간 여행'에 쓸 만한 말이 생각났어? 아니면 혹시 여기 붙일 만한 소지품이라도 가지고 있어?"

로빈이 내 생각을 방해하고는 뭔가 요구하는 표정으로 자석을 딸깍거리며 화이트보드에서 이리저리 움직였다. 내가 살짝 창피해하며 고개를 젓자 로빈은 한숨을 쉬더니 자기 책가방에서 치글러 선생님이 지난번 윤리 수업 시간에 나눠 준 주제 카드 묶음을 꺼냈다.

"그럼 일단 '가족과 함께 살다'를 계속하자."

로빈이 달래듯 말했다.

가족과 함께 살다! 나는 한숨을 내쉬었다.

"다른 건 다 돼. 하지만 제발 그건 빼자!"

위기 작동 방식

성격이 무척 까다로운 암컷을 얻기 위해
새틴바우어새 수컷은 나뭇가지로 세심하게 사랑의 둥지를 짓는다.
둥지 안을 청소하고, 바깥은 노랑과 파랑 물체로 장식한다.
수컷은 완벽한 사랑의 둥지를 짓는 능력을
타고나는 것이 아니라 힘겹게 배워야 한다.

나는 아무 생각 없이 현관문을 열었다가 다시 쾅 닫았다.

하지만 그건 누군가를 환영하는 최선의 방법이 아니었다. 내 머릿속에서 일어난 중형 폭풍은 태풍으로 발전할 위험에 처했다. 정신없이 머리를 굴렸다. 지금 집에 있는 가족이 누구더라? 내 방은 어떤 상태지? 그리고 내 모습은?

초인종이 다시 울렸다. 끔찍한 웃음거리가 되지 않으려면 이제 행동에 나서야 한다. 심호흡을 하고 서서히 문을 열었다.

다행스럽게도 리나는 도망치지 않고 놀란 얼굴로 나를 빤히 봤다.

"안녕, 내가 방해가 된 줄 알았어!"

"무슨 소리야. 네가 방해될 리가 있겠어?"

나는 힘겹게 말을 꺼냈다.

"너를 보고 놀라는 바람에 문이 손에서 미끄러졌을 뿐이야."

그런데 문이 손에서 미끄러질 수 있나?

리나가 살짝 웃었다. **얼마나 아름다운** 미소인지.

"그럼 시간이 있다는 거지? 너희 집에 꼭 와 보고 싶었어. 우리 발표에 대해 잠깐 같이 이야기할 수도 있을 테고 말이야."

"훌륭한 아이디어야."

내 목구멍과 성대를 이용하는 누군가 새된 목소리로 말했다.

"들어와."

나는 문을 활짝 열고 뒤로 물러섰다.

"잠깐만 기다려. 재킷은 벗어서 걸어 둬. 금방 돌아올게."

나는 부엌으로 달려가 다급하게 사방을 둘러봤다. 로빈은 탁자에 꽃을 두었는데, 무척 좋아 보였다. 꽃은 행운의 열쇠다. 빌어먹을, 여기 꽃이 없네. 아, 그래. 창문턱에 화분이 있군. 지금 꽃은 피지 않았지만 곱슬곱슬한 잎사귀가 무척 예쁜 것 같았다. 그래서 얼른 화분을 스웨터 밑에 넣고 복도를 지나면서 아직도 현관에 서서 기다리는 리나에게 상냥한 미소를 던지고는 내 방으로 달려갔다. 그러고 잡지와 기타 모든 것을 협탁에서 단호하게 쓸어내리고 화분을 올려놓았다. 책상 의자를 앞으로 잠깐 기울여 산더미처럼 쌓인 지저분한 옷들을 바닥에 떨어뜨리고, 이불과 빈백에 놓인 지저분한 것들도 다 치웠다. 그런 다음 대형 화보집을 얼른 집어 들고 무릎을 꿇고서, 그 책을 삽 달린 굴삭기처럼 사용해 모든 것을 침대 아래로 밀어 넣었다. 마지막으로 화보집도 그 뒤를 따랐다. 그러고 벌떡 일어나 현관으로 달려갔다.

"다 됐어. 자, 들어와."

나는 흐트러진 머리카락을 두 손바닥으로 매만져서 땀에 젖은 이마에 앞머리를 착 붙였다.

"몇 가지 생각을 적어 두었어. 철학적인 생각들인데, 다 날아가기 전에 기록해 두려고 말이야."

"오케이이이이이."

리나가 느릿하게 말하고 움직였다.

"내가 정말로 방해하는 건 아니지?"

"그럼, 그럼. 아니야! 네가 와서 무척 기뻐. 로빈 집에도 갔었다면서."

나는 전혀 필요하지도 않은 말을 덧붙였다.

“아, 그래. 로빈!”

리나가 대답하고서, 내 침대가 마치 부서지는 물건이라도 되는 듯이 조심스럽게 걸터앉았다.

“로빈은 모든 일을 너무 정확하게 하려고 해. 네 생각은 어때? 나는 그 정도로 융통성이 없지는 않아.”

리나의 시선이 협탁으로 향했다.

“네 방에 파슬리가 있네?”

어, 뭐라고?

“응. 건강에 무척 좋아. 비타민C나 뭐 그런 거.”

나는 얼른 잎을 몇 장 뜯어 입에 욱여넣었다.

리나는 그다지 동의하지 않는 눈치였다.

나는 의자에 풀썩 앉아 리나를 빤히 쳐다보았다. 그것밖에 할 수 없었다. 리나가 어떻게 움직이든, 머리를 어떻게 두든, 미소를 짓든, 눈을 깜박이든 모든 행동은 최소한 천 마리의 지네들이 가로세로로 내 배를 마구 내달리게 만들었고, 내 머리는 세상에서 가장 더운 루트 사막의 온도에 바로 도달했다. 지극히 아름답고도 끔찍한 이 느낌은 리나가 옆에 있으면 사라지지 않는다. 리나와 내가 **지금처럼** 가까이 있던 적은 한 번도 없었다. 나는 무의식적으로 의자를 끌어 침대 쪽으로 조금 다가갔다.

리나는 기침을 하고 기대에 찬 표정으로 나를 쳐다봤다.

나도 긴장해서 마주봤다.

"으음, 혹시 뭐 마실 거 있어?"

"그럼!"

이런 멍청이 같으니라고. 왜 그 생각을 하지 못했던가? 나는 다급하게 벌떡 일어났다. 바로 그 순간 노크 소리가 들렸다. 윽, 제발…….

"네?"

문이 열리더니 아빠가 들어왔다. 그러고는 리나를 보며 환하게 미소 지었다.

"내가 제대로 들었구나. 방문객이 있네. 네 친구에게 마실 것 좀 가져다줄까?"

리나는 한동안 아무 말도 없이 아빠를 빤히 바라보다가 당황해서 벌떡 일어났다.

"제가 직접 해도 돼요."

이제 우리 모두 서 있었다. 물론 아빠는 빼고.

"아니야, 아니다."

아빠가 손사래 치며 휠체어를 굴려 바깥으로 나갔다.

리나가 눈을 크게 뜬 채 나에게 몸을 돌리고는 연민이 가득한 목소리로 속삭였다.

"안됐다! 무슨 일이 벌어진 거야?"

"아무것도 아냐. 괜찮아."

아빠가 사람들 눈에 띄고, 그들이 아빠를 빤히 보는 데 나는 익숙하긴 하다. 하지만 그렇다고 아빠가 방금 아무 절벽에서나 추락해 산산이 부서진 채 무기력하게 절벽 아래에 쓰러져 있다는 듯이 행동할 필요는 없다.

"자, 이제 그 발표 말이야."

나는 약간 어색하게 주제를 돌리려고 시도했다.

다시 노크 소리가 들리더니, 리나가 친절하게 문을 미처 열기도 전에 아빠가 컵 두 개와 찻주전자가 담긴 쟁반을 무릎에 올려놓고 균형을 잡으며 휠체어를 굴려 들어왔다. 쟁반에는 엄마의 귀리 비스킷도 한 봉지 놓여 있었다. 그래, 우린 이 비스킷을 언제든 권할 수 있다. 집 안 여기저기 많이 흩어져 있으니까.

"정말 고맙습니다!"

리나는 아빠가 방금 발표문 전체를 써 주기라도 한 것처럼 환하게 웃었다. 아빠도 미소로 화답하고 점잖게 물러났다.

리나는 한참이나 아무 말 없이 닫힌 문을 뚫어져라 보고 있었다.

리나가 아빠에게 저 정도로 반응한다면, 엄마에게는 과연 뭐라고 할까? 아니면…… 홀거 삼촌에게는?

바로 그때 초인종이 울렸다. 나는 소스라치게 놀랐지만 꿈쩍도 하지 않고 있었다. 지금 문을 여는 모험을 할 수는 없었다.

리나가 눈썹을 치켜세우고 나를 쳐다봤다.

"문 여는 거, 잘하지 못하는구나. 그렇지?"

우리가 말없이 서로 마주보고 있는 동안 아빠가 휠체어를 굴려 가서 방문객을 맞는 소리가 들렸다. 리나의 눈빛이 비난에서 심각한 탄핵으로 바뀌었다.

나는 현관에서 이야기하는 두 사람에게 귀를 기울였다. 둘 다 아는 목소리였다. 그것도 아주 잘 아는 목소리. 나는 평소와 어울리지 않게 기도를 하기 시작했다. 안 그러면 지금 누구에게 도움을 청한단 말인가? 택배 기사거나 지금까지 백번쯤 그랬던 것처럼 이웃집 아줌마가 달걀이 필요해서 왔다거나 귀리 비스킷 배달 기사이길 기도했다. 그렇게 해 주세요. 고맙습니다. 아, 그렇지요. 아멘.

내 기도는 이루어지지 않았다.

누군가 노크했다. 홀거 삼촌이 처음에 머리를, 그다음에는 유감스럽게도 몸 전체를 들이밀었다. 하필이면 오늘 옷차림은 더 유난스러웠다. 푹신한 내 방 양탄자와 당장 한판 뜰 것 같은 하이힐을 신고, 너무 딱 달라붙어서 압박 스타킹처럼 보이는 치마에 시리우스가 몸소 등장한 것보다 더 밝게 반짝이는 상의 차림이었다.

홀거 삼촌은 리나에게 매력적인 미소를 지어 보였다.

"홀거 삼촌이야."

내가 얼른 소개했다.

삼촌은 매서운 눈빛으로 나를 흘낏 노려보더니 다시 리나에게 돌아서서 말했다.

"니키타라고 부르렴."

비행접시만큼이나 눈이 커진 리나가 뭐라고 대답하기도 전에 아빠가 문간에 나타났다.

"니키타, 이리 와. 둘만 있게 해 주자."

홀거 삼촌이 아쉽다는 표정으로 삐딱삐딱 걸어 나갔다. 양탄자가 이기긴 했지만, 삼촌의 신발 굽에 붙은 보풀에서 알 수 있듯이 올들이 뜯기는 큰 손실을 입었다.

한동안 나와 리나 사이에 침묵이 흘렀다.

"발표 준비해야지."

그러다가 내가 힘없이 말을 꺼냈다.

"그래."

리나가 음료수를 한 모금 마셨다.

"먼저 화장실부터 다녀올게. 어디 있어?"

"오른쪽으로 나가서 왼쪽 첫 번째 문."

나는 의미 있고 도움이 되는 대화에 드디어 조금 기여할 수 있게 되어 안도하며 큰 소리로 대답했다. 그런데…… 뭔가 이상했다. 내 머릿속에서 경고음이 울리기 시작했다. 왜 이러지? 그러다가 무슨 일인지 깨닫자 지네들이 마비되고 머리는 액체 헬륨보다 더 차갑게 식었다. 리나는 눈에 잘 띄는 장식이 달린 은 목걸이를 검정 스웨터 위에 걸고 있었다.

하트 모양 장신구였다.

"아, 안 돼!"

내가 벌떡 일어났지만 이미 늦었다. 복도에서 날카로운 비명이 들려왔다.

"살려 줘, 휠체어가 쫓아와!"

블로그와 게임

수컷 이구아나는 암컷의 관심을 끌기 위해 길을 막고는
몸을 완전히 쭉 펴고 힘차게 이리저리 흔들기 시작한다.
암컷이 관심을 보이지 않으면 수컷은 여기에 더해
꼬리를 세게 튀겨 구애 대상의 머리 주위에 물줄기를 퍼붓는다.

"네 명씩 모여 앉아라!"

아주 좋아! 우리 담임인 외츠칸 선생님은 믿을 만하다. 선생님은 우리들이 모두 앞만 보고 있는 수업에 늘 반대한다. 나는 벌떡 일어나 내 책상과 로빈 책상을 리나와 레오니 쪽으로 잽싸게 밀었다. 이 둘은 맨 뒤에 앉아 있기 때문에 요란한 소리를 내며 교실의 절반을 가로질러야 했지만, 선생님이 옆에 앉은 사람들끼리 모여 앉으라고는 말하지 않았으니까.

"야, 미친놈아. 뭐 하는 짓이야?"

벤이 화가 나서 툴툴거리며 자기 관자놀이를 톡톡 두드렸다. 내가 지나갈 때 우리 책상 두 개 모서리 사이에 손가락이 살짝 끼었기 때문이다.

"미안."

나는 사과했지만 전혀 본심이 아니었다. 지금 나에게 기회가 주어졌다. 아침 내내 리나와 눈을 마주치려고 했다. 가장 싹싹한 미소를 지으며 몇 번이나 리나에게 몸을 돌렸지만 허사였다. 리나는 나를 못 봤거나 아니면 클레테나 아빠 또는 홀거 삼촌이나 파슬리 또는 그 외 뭐가 됐든 어쨌든 여전히 나에게 화가 난 상태였다. 하지만 마주보고 앉아 있으면 리나가 나를 모른 척하기는 힘들 터였다. 그러면 모든 것이 다시 좋아지겠지.

"얘들아, 안녕? 우리 넷이 모이는 거 어때?"

나는 거부할 수 없는 매력을 풍기며 두 아이에게 인사하고 우리 책상을 얼른 그 애들 책상에 붙였다.

"안녕."

레오니는 별 관심 없이 대답했지만 리나는 손가락에 머리카락만 돌돌 감고 있었다.

나는 자리에 앉아 가장 싹싹한 미소를 지었다. 그런데 로빈은 어디 있지? 아, 저기 있네. 노트와 책과 기타 잡동사니를 손에 한가득 들고 있군. 아마 내가 이쪽으로 오는 동안 책상에서 떨어졌을 테지.

"야, 적어도 내가 다 챙길 때까지 기다릴 수는 있었잖아."

로빈이 씩씩거리며 우리 물건을 두 덩이로 분류하기 시작했다.

"이제 제발 내 말 좀 들어 봐! 엄청난 소식이 있어! 우리 엄마가……."

"그래, 그래."

나는 로빈의 말에 거의 제로에 가까운 관심을 보이며 리나에게 계속 미소를 지었다. 아침 내내 로빈은 나에게 자기 엄마 이야기를 하려고 했지만, 지금 내 앞에 앉아서 여전히 머리카락을 만지작거리며 나를 끈질기게 투명 인간 취급하는 이 비밀스러운 존재에 비하면 로빈 엄마는 전혀 관심이 안 가는 대상이었다. 그때 나는 불현듯 레오니가 나를 빤히 보고 있다는 사실을 깨달았다. 정확하게 말하자면 약간 구역질 난다는 표정으로 내 턱을 노려보고 있었다. 나는 페르디를 숨기려고 손으로 얼른 턱을 괴었다.

"모둠에서 먼저 질문에 대한 토론을 거쳐 합의한 대답을 내놓기 바란다."

외츠칸 선생님이 진행 방법을 알려 줬다.

"잘됐다!"

나는 리나에게 고개를 끄덕이며 말했다.

"이렇게 모여 앉으면 서로 이야기를 나누기가 훨씬 좋잖아. 어딘지 모르게 더 이성적이지. 안 그래?"

"페니스 도전?"

바로 그 순간, 벤이 뒤에서 나에게 쉿소리를 냈다. 이제야 리나가 나를 쳐다봤다. 끓는 물을 순식간에 바다에 떠다니는 거대한 유빙으로 만들고 싶다면 리나의 지금 이 눈빛은 엄청나게 도움이 될 거다.

"아니!"

나는 어깨 너머로 역시 쉿소리를 내며 대꾸했다. 이 책상에서 나는 우리 반 남자아이들이 언제나 제일 좋아하는 게임을 당연히 하지 않을 작정이었다. 돌아가며 차례로 '페니스'라고 말하는 게임이었는데, 매번 앞 사람보다 조금 더 크게 말해야 했다. 고백하자면 나도 꽤 즐겁게 참여한 적도 많지만 분명 유치하고 바보 같은 게임이었다.

"선생님 빙고?"

뒤에서 다음 제안이 왔다.

그래, 게임을 꼭 해야 한다면 어쩔 수 없다. 뭐라도 해야 한다. 자기 고수머리에 집중하는 리나를 다시 한번 흘낏 본 뒤, 나는 로빈의 노트를 낚아채서 종이 한 장을 뜯었다.

“야, 무슨 짓이야?”

로빈은 고리에 남은 종잇조각을 급하게 뜯어냈다.

“너는 노트 없어? 이제 내 말 좀 들어 봐. 우리 엄마가…….”

나는 잠깐 고민하고는 승리를 확신하며 종이에 세 단어를 적었다.

“있잖아, 너도 알다시피 우리 엄마는 성공적인 업무를 수행하는 코치야. 엄마 일은 무척 잘 돌아가고 있어. 요청을 엄청나게 많이 받거든. 그런데 이거 알아?”

“유럽 역사에서 아마도 가장 극적이었던 주제를 오늘 다시 한번 다뤄 보자. 프랑스 혁명이 바로 그거야.”

외츠칸 선생님이 앞쪽 스마트보드 옆에 서서 앞으로의 계획을 설명했다.

나는 만족스러운 마음으로 ‘극적’이라는 단어에 진하게 밑줄을 그었다. 주변을 얼른 둘러보니 안타깝게도 이 천재적인 단어를 생각한 사람은 나만이 아니었다. 벤과 톰, 샤힌도 히죽거리며 펜을 놀리고 있었다.

로빈이 내 팔을 잡았다. 얘가 이렇게 다혈질적인 모습을 보이기는 이번이 처음이네.

"그래, 무슨 일이야?"

나는 관대하게 물어 줬다.

"엄마가 본인 홈페이지에 내 블로그를 만들어 줬어!"

로빈은 갑자기 정말 행복해 보였다.

"아, 그렇구나."

나는 어리벙벙해서 대꾸했다.

"프랑스혁명은 정확하게 언제 시작됐지?"

이 질문도 일단 모둠에서 토론하고 날짜에 합의해야 하는 건가? 어쨌든 다른 책상에서는 아이들이 머리를 한데 모으기 시작했다.

"벤이 대답해 볼까?"

"으음, 17세기인가요?"

"확인해 봐야겠구나."

외츠칸 선생님이 깊은 한숨을 내쉬었다.

나는 종이에 적힌 '확인'에 무척 흥겹게 선을 그었다. 빌어먹을, 톰도 굿는군.

"벤, 적어도 몇 세기인지는 제대로 알면 좋겠다. 좀 더 구체적으로 말해 보렴."

"17…… 12년?"

다시 들려오는 깊은 한숨 소리.

"어떤 블로그야?"

리나가 갑자기 캐물었다.

거기에 관심이 있다고?

"그러게, 어떤 블로그야?"

나도 얼른 메아리처럼 물었다.

로빈은 등을 뒤로 기대고 의기양양하게 대답했다.

"정리 블로그!"

"정말? 멋지다!"

멋지다고? 뭐가 멋져?

"으음, 뭘 정리하는데?"

"뭐든지!"

로빈은 온 세상을 안으려는 듯이 두 팔을 벌렸다.

"가장 넓은 의미에서의 정리, 조망과 통제야. 무슨 말인지 알겠어? 우린 천재적인 보관 시스템을 발명해서 소개하고, 쓸데없는 것을 합리적으로 버리거나 올바른 청소에 대한 조언 등등을 하는 거지!"

"우리가?"

"당연하지. 너도 같이 할 거잖아. 안 그래?"

로빈이 놀란 표정으로 나를 빤히 쳐다봤다.

글쎄, 우리가 그동안 거의 모든 것을 함께하긴 했지만 지금

이것도……?

“야, 카를리. 정말 굉장할 거라고. 틀림없어! 너도 알게 될 거야. 정리는…….”

로빈은 적절한 말을 찾느라 잠시 정신을 집중했다.

“너의 내면에도 뭔가가 일어나게 해. 더 평화롭고 느긋하게 느끼게 되지. 모든 것이 변해. 더 나아지고, 네 삶이 네 손에 달려 있다고!”

새빨갛게 들뜬 얼굴로 로빈은 자기 이마를 쳤다.

“정리는 너를 자유롭게 해. 여기 머릿속을 말이야. 무슨 말인지 알아?”

아니, 잘 알아듣지 못했다. 그럼 내 방에 있을 때도 종신형을 받고 알카트라스 교도소에 갇힌 죄수처럼 느낄 것 같은데. 하지만 “모든 것이 변해.”라는 문장은 솔깃하게 들렸다.

“정말 좋은 것 같다!”

리나가 끼어들었다.

“그런 블로그 중에는 아주 굉장한 인테리어 팁도 많아!”

어쩌면 이 모든 게 그다지 나쁜 아이디어가 아닌지도 모르겠군. 하지만 내가 뭐라고 말하기도 전에 외츠칸 선생님이 예고 없이 끼어들었다.

“황송하지만, 저 뒤에 앉은 신사 숙녀 여러분은 지금 뭘 하는지 물어봐도 될까?"

빌어먹을, '황송'이라는 단어를 잊어버리고 쓰지 않았네. 나와 달리 톰은 순식간에 벌떡 일어나 의기양양하게 외쳤다.

"빙고!"

흔들리는 바닥에서

성체가 되는 문턱에 이르면
동물들은 사회적 관계에서 이미 검증된 것을 미지의 것과 바꾼다.
예를 들어 원숭이와 코끼리와 돌고래는
어미에게서 점점 떨어져 나와 또래와 무리를 이룬다.
이런 탯줄 절단이 아무런 문제도 없이 일어나는 경우는 드물어서
이 시기에는 무례한 행위가 다반사다.

나는 미동도 없이 뻣뻣하게 침대에 누워 있다. 하지만 내 주변 세상이 흔들린다.

몇 년 전에 우리는 산으로 여행을 갔다. 기억나는 일은 적지만, 그중 두 가지는 아주 선명하게 떠오른다. 산을 올라갈 때 찡그렸던 엄마 얼굴과 출렁다리가 바로 그것이다.

출렁다리는 액션 영화에서 흔히 보는 것과는 달리 위험한 계곡에 걸쳐진 게 아니라 물이 거의 다 마른 얕은 강 위에 놓여 있었다. 하지만 강폭이 넓었으므로 출렁다리도 길었다. 너무 길어서 세게 디디면 위험할 만큼 흔들렸다. 그런데 나는 세게 디뎠다.

"멈춰, 카를리. 기다려!"

엄마가 부르는 소리가 들렸지만 나는 반드시 제일 먼저 강을 건너고 싶었다. 그래서 그냥 달려 다리 중간까지 갔다. 거기까지 가니 출렁다리가 너무나 흔들려서 한 발 더 앞으로 나가려고 하자 무릎이 거의 턱 아래로 치고 올라왔다. 나는 구역질을 하며 옆의 밧줄을 필사적으로 움켜쥐었다. 이 기억은 절대 잊지 못할 것이다. 뒤에서 엄마와 아빠가 돌아오라고 소리를 질렀지만, 어깨 너머로 조심스럽게 돌아보니 나는 이미 너무 멀리 와 있는 상태였다. 하지만 앞을 봐도 상황은 별반 낫지 않았다. 아무리 둘러봐도 이 상황을 벗어날 길이 없었다.

지금도 마찬가지다. 이 빌어먹을 출렁다리가 내 내면으로 옮겨 왔다는 점만 다를 뿐. 나는 눈을 크게 뜬 채 천장을 노려봤다. 내 안에서 흔들리는 이 모든 것은 뭐지? 돌아가는 게 선택사항이 아니라는 이 집요한 느낌을 언제부터 느꼈을까? 엄마와 아빠가 나를 구하지 못할 뿐 아니라 부르는 소리와 강요로 만사를 더 악화시킨다는 사실은? 빌어먹을, 왜 내 경우는 모든 일이 정상으로 작동하지 않을까? 그런데 정상으로 작동한다는 게 도대체 뭘까?

나는 침대를 꽉 잡고, 이렇게 만들어 낸 외적인 평온함을 내면에 억지로 적용하려고 시험 삼아 잠깐 호흡을 멈춰 보기까지 했다.

'봤지? 이렇게 하는 거야!' 속으로 나 자신에게 외쳤다. '이렇게 하면 차분해지고 만족스럽고 기분이 좋아져. 별로 어려울 게 없잖아!'

하지만 어려웠다.

로빈은 도대체 어떻게 그럴 수 있을까? 왠지 모르게 그 아이가 부러웠다. 로빈의 삶에 머뭇거림은 고양이 바구니에 쥐가 나타나는 것만큼이나 희귀한 듯했다. 그 이상한 블로그에 대해 말할 때 뭐라고 했더라? "너도 알게 될 거야. 정리는 너의 내면에도 뭔가가 일어나게 해. 더 평화롭고 느긋하게 느끼게 되지. 모든 것이 변해. 더 나아지고, 네 삶이 네 손에 달려 있어!" 나는 한숨을 내쉬었다. 그렇다면 내일부터 당장 정리를 시작해 봐야지. 하지만 일단 치즈 빵부터 하나 먹고 싶군.

나는 정리된 동작으로 기세 좋게 다리를 들어 올리려다가 다시 한번 멈칫했다. 카를리, 발을 늘 조심스럽게 내디뎌야지. 스스로에게 충고하며 발레리나처럼 아주 조금씩 발을 움직여 우아하게 부엌으로 들어갔다. 그러나 그곳에서 무자비한 현실에 가로막혔다. 출렁다리는 사방에 숨어 있는 법이니까.

넓은 부엌은 나사와 공구, 바퀴와 금속판, 기타 온갖 도구로 가득했다. 그 한가운데에 엄마 엉덩이가 있었는데, 거기가 가장 좋은 곳이라는 듯이 하늘을 향해 단호하게 솟아 있었다. 그러나 이와 반대로 머리는 커다란 두 개의 막대기에 고정된 좁고 기이한 판 아래에 끼어 있었다. 엄마가 집중한 표정으로 이 이상한 틀 앞에 쭈그리고 앉아 어떤 나사를 빤히 노려보는 사이에 아빠는 새빨개진 얼굴로 다급하게 이리저리 휠체어를 구르며 다녔다. 상당히 흥분한 것 같았다. 나를 본 아빠가 곧장 나에게 굴러왔다.

오, 세상에. 난 그저 치즈 빵이나 하나 먹으려던 건데.

"카를리, 엄마가 엄청난 훈련 기구를 생각해 냈단다!"

아빠의 목소리는 이미 결승선을 통과해 승리했다는 듯이 의기양양하게 울렸다. 그러니까 아빠는 달리기 꿈을 아직도 포기하지 않았군.

"아, 그래요? 내 눈에 보이는 거라고는 막대기 두 개랑 판 하나, 그리고……."

엄마 엉덩이라는 말은 하지 않았다. 그런데 아빠의 휠체어가 달라졌다는 사실이 눈에 띄었다. 아니면 혹시 새 휠체어인가? 어쨌든 커다란 양쪽 핸드림◁ 옆에 자그마한 통 두 개가 나사로 고정되어 있었다. 저게 왜 붙어 있지? 필통인가? 아니면 소시지를 대량으로 보관하기 위한 통일까? 그리고 휠체어 뒤에 나사로 고정된 기이한 삼각형 판은 뭐지?

엄마가 끙, 신음을 하며 일어나 나에게 환한 미소를 지었다.

"달리기라니, 네 아빠 아이디어는 정말 멋지지 않니? 진짜 천재적이야!"

나는 엄마보다 아주 조금 키가 작았다. 엄마와 똑바로 마주 서서, 흉겹게 번쩍이는 엄마의 이를 빤히 노려봤다. 아빠도 한없는 즐거움을 드러내는 소리를 흘렸다. 아니, 도대체 지금 뭐가 이리 즐겁단 거야? 엄마의 새로운 발명품이 원래 임무를 시작하기도 전에 분명히 정신줄을 놓으리라는 사실이?

"카를리, 이것 좀 보렴."

엄마가 옆으로 비켜서더니 판-막대기 모델을 가리켰다.

"이건 팔로 달리는 운동선수에게 이상적인 훈련용 승강기야."

엄마가 크게 웃음을 터뜨렸고, 아빠도 말처럼 힝힝 웃었다.

"배고파요."

◁ 수동 휠체어 사용자가 바퀴를 굴릴 때 손잡이 역할을 하는 부품.

나는 힘없이 말했지만, 사실은 '그 바보 같은 물건으로 날 괴롭히지 마세요!'라는 의미였다.

"금방 만들어 줄게. 하지만 그 전에 이것부터 봐라!"

아빠가 열정적으로 말하고는 서둘러 앞으로 휠체어를 굴려 갔다가 탱고 무용수처럼 자기 몸을 축으로 휙 돌아서더니 후진해 판-막대기 모델로 다가갔다. 그러고는 틀 바로 앞에서 끼익 소리를 내며 브레이크를 잡았다.

"주차하는 건 조금 더 연습해야 해."

아빠가 흥겹게 말하자 엄마는 또 바보처럼 킥킥거렸다. 아빠는 천천히 뒤로 가서 정확하게 두 막대기 사이에 섰다. 그제야 나는 그 판이 아빠 휠체어 뒤에 붙은 삼각형 판의 오목한 홈에 꼭 맞는다는 걸 깨달았다. 딸깍, 소리가 나면서 판이 고정됐다. 엄마가 커다란 막대기 두 개를 건네자 아빠는 그것을 좌우 핸드림 옆에 붙은 통에 넣었다. 이제 두 분은 기대에 찬 눈으로 나를 바라봤다.

"먹을 것 좀 만들어 주실 수 있어요?"

나는 끔찍한 낌새를 느끼며 물었다.

"금방, 금방 해 줄게. 일단 지금은 이걸 봐라."

"내가 훈련용 리프트를 작동하면 휠체어가 고정된 판이 서서히 올라가."

엄마가 아주 자랑스럽게 설명했다.

"그러면 뒷바퀴들이 살짝 공중으로 뜨고, 아빠는 막대기의 도움으로 자기가 원하는 속도로 움직일 수 있어. 지구력과 조정력 훈련에 도움이 되지."

엄마의 말은 광고 책자처럼 들렸다. 그 말을 강조하기 위해 아빠는 막대기를 위아래로 움직이는 시늉을 했다.

"나는 아빠가 노르딕 워킹이 아니라 달리기에 참가한다고 생각했는데요."

내가 냉소적으로 말했다.

"이런 식으로는 멀리 가지 못해요. 공중에서 떠다니면 바퀴를 움직이는 데 힘이 훨씬 덜 든다는 생각은 안 해 보셨어요? 하지만 아빠는 달리기에서 날지는 못하고 다른 참가자들과 마찬가지로 땅에 머물러 있어야 하는데, 내가 아는 한 그곳은 마찰 저항이 훨씬 커요."

물리는 내가 좋아하는 과목이었다.

"그러니 이 **멋진** 기구의 훈련 효과는 제로예요."

나는 설탕처럼 달콤한 목소리로 결론을 냈다.

"역시 내 아들이야!"

엄마가 환하게 미소 지었다.

"물론 네 말이 맞아. 나도 그 생각을 했지. 난 지금 완전히 새로운 유형의 실리콘 코팅을 씌운 인체공학적 핸드림을 만드는 중이란다. 개선된 동력 전달 덕분에 휠체어가 더 빨라지고, 아빠는 실외에서 완벽하게 현실적인 조건에서 훈련할 수 있어!"

내 마음의 눈앞에 아빠가 완벽하게 현실적인 조건에서 교차로에 있는 화물차 네 대를 향해 빠른 속도로 돌진하는 모습이 보였다.

아빠는 평소와 달리 엄마의 열정에 휩싸이지 않고, 우울한 표정으로 엄마에게 말했다.

"킴, 봤지? 카를리는 나에 대한 믿음이 없어."

엄마는 한 손으로 위로하듯 아빠의 어깨를 톡톡 두드리고, 다른 손으로는 휠체어 뒷바퀴들이 달린 판이 올라오게 레버를 작동하기 시작했다. 아빠는 휠체어와 함께 앞으로 서서히 몸이 기울어졌다.

"믿음과는 관계없어요. 우리가 지금 교회에 있나요?"

내가 왜 이렇게 갑자기 목소리를 높이는지 나도 이해할 수 없었다.

"아빠는 걷지 못하고, 달리기는 더더욱 못 해요! 그런데 지금 왜 이런 일을 벌이나요? 게다가 엄마의 훌륭한 발명품은 어차피 언제나 고장이 나요! 도대체 언제 그 사실을 받아들이실 건가요? 항상 거대한 파편 더미나 나사 더미로 끝났잖아요!"

이 말과 더불어 좋은 분위기는 끝장났다. 나는 이번에도 분위기를 깨는 데 성공했다. 엄마가 가느다랗게 실눈을 뜬 채 슬로모션으로 나를 돌아봤다. 한 손으로 아빠의 어깨를 너무 세게 두드리는 바람에 아빠의 몸 전체가 작동 중인 믹서처럼 떨렸다. 다른 손의 검지는 나를 꿰뚫기라도 하려는 듯이 나에게로 향했다. 하지만 이 검지는 방금 전까지만 해도 새 훈련용 승강기 레버를 잡았던 손에 붙어 있었는데, 엄마가 지금 그 손을 놓았다! 아빠가 매달린 판은 나지막하게 윙윙거리며 계속 위로 올라갔다!

"으음, 엄마. 아빠 몸이 계속 앞으로 기울어지고 있어요. 엄마, 일단……."

나의 정당한 이의 제기는 이어지지 못했다.

"카를리, 도대체 뭐가 문제니?"

엄마가 고함을 질렀다. 이렇게 흥분한 모습은 처음이었다.

"넌 왜 항상 모든 걸 망치지? 모든 게 틀렸고, 좋은 것은 하나도 없고, 아빠는 걷지 못하고, 나는 너무 뚱뚱하고……."

이 말을 하며 엄마는 회의적인 표정으로 자기 몸을 내려다봤다.

"우리가 어떻게 해야 이 신사 양반이 좋아할까? 신사 양반은 자기도 어쩌면 모든 것이 완벽하지 않다고 생각해 본 적이 있기는 할까?"

그사이에 휠체어는 위험할 만큼 경사가 기울어졌다. 이런 식으로 계속 기울다가는 아빠가 머리부터 추락할 것 같았다.

"엄마, 일단……."

나는 다시 한번 시도했다.

"일단 뭘 어쩌라고? 난 아무것도 할 필요가 없어. 알아들어? 난 그냥 내 모습 그대로 있어야 해. 그래야 한다고!"

엄마가 투지에 불타서 주먹을 쥐었다. 엄마가 운동을 연상시키는 자세를 비슷하게나마 취한 적은 이번이 처음이었다.

하지만 나도 이제 지겨웠다. 못 말리는 부모님을 위해 내가 언제까지 위험을 무릅쓸 수는 없었다.

"뭐가 문제냐고요? 엄마 아빠가 문제예요. 두 분 모두! 엄마가 원하는 대로 해요! 둘 다 원하는 대로 하라고요!"

나는 몸을 돌렸다. 이런 식으로는 치즈 빵을 먹지 못하겠다는 생각이 잠깐 들었지만 그냥 도망치기로 마음먹었다. 부엌에서 나와 일부러 요란한 소리를 내며 문을 쾅 닫았다.

내가 마지막으로 들은 것은 "아이고!"라는 아빠의 놀란 목소리와 뭔가 둔탁하게 부딪치는 소리였다.

올바른 리듬으로

동물도 춤을 추는데, 대부분은 이성에게 과시하기 위해서다.
예를 들어 코스타리카에 서식하는 자그마한 빨간모자무희새는
암컷을 유인할 때, 마이클 잭슨도 부러워서 핼쑥해질 정도로
노련한 문워크 댄스 스텝을 나뭇가지에서 보여 준다.

화 풀기, 빌어먹을 일 모두 털어 내기, 그래서 가볍고 자유로워지기. 이런 일은 '황금 악마들' 콘서트나 중학년 디스코 행사에서 가장 잘 이루어진다.

'황금 악마들'은 우리 학교 고학년 밴드다. 나는 리나를 제외하면 뭔가에 금방 홀리지 않는 성격이지만 이 밴드의 네 명은

정말이지 엄청나다. 외츠칸 선생님은 '비명'이라고 부르긴 하지만 그들의 베이스 기타와 일렉트릭 기타, 퍼커션과 보컬은 마치 어떤 낯선 존재가 우리 몸을 넘겨받아 완전히 제압한 것처럼 모두를 곧장 리드미컬하게 실룩거리고 허우적거리게 만든다. 그리고 전설적인 차림새는 또 어떤가. 네 명의 머리에 달린 작은 악마 뿔과 더불어 모든 것이 금빛으로 반짝반짝 빛나고, 도발적인 이 반짝거림은 공연할 때 황홀경에 빠진 팬들의 환호성을 이끌어 낸다. 1년에 단 한 번 열리는 이들의 학교 콘서트 표를 구하는 일은 펭귄에게 날기를 가르치는 것만큼이나 어렵다. 여자 남자를 막론하고 축구 트로피나 기타 온갖 트로피보다 이 입장권을 더 탐낸다. 아마도 '청소년이 탐구하다'라는 인증서를 액자에 넣어 벽 한가운데에 걸고 할로겐 조명까지 거기에 비추는 로빈만 제외하면 다들 그럴 것이다.

어쨌든 나는 아직 그 콘서트에 가 본 적이 없고, 지금까지 '황금 악마들'의 노래를 들은 경우라고는 딱 한 곡만 연주하는 매년 크리스마스 파티 때뿐이었다. 그들이 〈눈송이, 밤송이〉 노래를 미처 끝내지도 못한 저학년 합창단을 얼마나 무참하게 짓밟았는지는 이미 전설이 됐다.

그러니 남은 거라고는 이번에도 중학년 디스코뿐이지만, 종일 들뜬 마음으로 이 행사를 기대했다. 계산대 앞에 늘어선 줄

이 아주 길어서 나는 여전히 대강당 문 바깥에 있었다. 망치질하는 듯한 베이스 소리와 번쩍이는 불빛이 안에서 흘러나왔지만, 그것은 황금 악마의 뿔이 아니라 은빛 디스코 볼에서 나오는 불빛이었다. 내 앞뒤에서 기다리던 아이들이 몸을 까딱거리기 시작했고, 나도 더는 가만히 있을 수 없었다. 목을 길게 뽑고 리나를 찾았다. 아, 저기 앞에 친구들이랑 서 있군. 이제 곧 계산대를 통과하겠네. 이 저녁 시간이 기대되는 또 하나의 이유였다.

드디어 계산대에 도착해서 옆 반의 토레에게 입장료 3유로를 얼른 던졌다. 〈자유〉의 첫 베이스 소절이 들려오자 더는 참을 수 없었다. 땀을 흘리는 뜨거운 군중 사이를 안달하며 뚫고 지나, 댄스 플로어에서 어느 정도 비어 있는 자리를 찾아냈다. 그런 다음 양팔을 벌리고 음악에 몸을 맡기고는 상상의 기타 선율에 맞춰 회전하며 흐르는 감각의 물결에 나를 던졌다. 그래, 이거야. 지금 바로 이게 필요해! 모든 것에서 벗어나 정신 나간 사람들은 그대로 내버려 두고 나와 똑같은 사람들에게 에워싸이는 것. 얼굴에 저절로 웃음이 활짝 번지고 나의 모든 것이 움직이는데도 정말 오랜만에 너무나 차분하게 느껴졌다. 리나를 찾아 잠시 두리번거렸지만 그 아이는 인파에 묻혀 어딘가로 사라졌다.

그때 내 시선이 댄스 플로어 가장자리에 서 있는 로빈에게 가닿았다. 로빈은 구명대를 잡듯이 물병을 움켜쥐고는 춤을 추는 게 아니라 포대 속에 두 발을 넣고 폴짝거리는 경기에 나선 것처럼 어색하게 위아래로 몸을 까닥이고 있었다. 로빈은 정말 좋은 친구이기는 하지만, 이따금 막대기를 삼킨 것처럼 뻣뻣했다. 늘 그렇듯이 나는 여기 같이 오자고 로빈을 한참 설득해야 했다. 나는 춤을 추며 로빈에게 다가가, 팔을 잡아끌고 댄스 플로어로 돌아왔다. 로빈은 우울한 표정으로 나를 빤히 바라봤다.

"왜 그래? 그냥 같이해."

나는 소음 때문에 고함을 지르고는 용기를 줄 만한 동작을 몇 가지 해 보였다. 하지만 로빈은 그저 고개만 저었고, 춤추는 한 쌍 사이에 어쩌다 불쑥 끼어들게 되자 어깨를 움츠리고 부랴부랴 가장자리로 도망쳤다. 그렇게 안전거리를 확보한 후에는 그래도 다시 끄덕끄덕 움직이기 시작했다.

그래, 어쩔 수 없지. 나는 활기차게 휙 돌아섰다. 옆으로 형형색색의 색깔과 사람과 얼굴 들이 날 듯이 흘러갔다. 가만, 저게 뭐지? 나는 멈춰 서서 그게 다시 보일 때까지 천천히 몸을 돌렸다. 그 **여자아이**가 다시 보일 때까지.

짙은 갈색 머리카락이 이 세상의 것이 아닌 듯한 얼굴을 에워싸고 있었다. 사실 지극히 평범하지만 뭔가…… 범접할 수 없는 특징이 보였다. 그 아이는 눈을 감은 채 최소한 모나리자만큼이나 비밀스러운 미소를 짓고 있었다. 그리고 춤추는 모습은 또 어떤가! 아이의 움직임은 음악과 어울릴 뿐 아니라 음악 그 자체였다. 발이 바닥에서 박자를 직접 빨아들여 몸의 나머지 부분으로 보내고, 몸은 그 박자를 거의 예술적인 춤의 정수로 세상에 다시 내보내는 것 같았다. 굉장하네! 나는 죄라도 짓는 마음으로 리나를 찾으려고 얼른 주위를 둘러봤지만 리나는 여전히 보이지 않았다. 안 보여도 아무 상관 없다는 생각이 불현듯 들었다.

나는 노련하게 같은 반 친구들을 빙 돌아 춤을 추며 그 외계인에게 다가갔다. 그러고 무진장 재미있는 말을 생각해 내려던 찰나에 그 아이가 등을 보이며 나에게서 돌아섰다. 하지만 나는 쉽사리 포기하지 않았다.

"너 엄청나게 춤을 잘 춘다!"

뒤에서 그 아이 귀에 대고 소리를 질렀지만 반응이 없었다.

"나는 카를리야!"

계속 말을 걸었다.

"너를 여기서 본 적이 없는데, 전학 왔어?"

여전히 아무 반응도 없었다. 이상하네. 겉보기에는 정말 싹싹할 것 같은데. 나는 두어 번 요란하게 회전해 그 아이가 나를 볼 수 있게 그 앞에 가서 섰다. 하지만 아이는 계속 눈을 감고 있었다. 그래서 아이를 가볍게 톡톡 치고 미소를 지으며 엄지를 치켜들었다.

이번은 더 나았다. 아이가 고개를 끄덕이며 미소로 화답했다. 무척 아름다운 미소였다. 그러면서 어찌나 뚫어지게 빤히 쳐다보는지 내 얼굴이 새빨개졌다. 나는 형형색색의 조명에 가려 그런 내 얼굴색이 눈에 띄지 않기를 바랐다.

우리는 함께 춤을 추는 내내 서로 바라봤다. 나는 그 아이의 춤 동작 몇 가지를 따라 하려고 했지만 그다지 잘하지 못했다. 아이는 웃음을 터트리더니 동작을 반복하면서 내 손을 잡았다. 우리 눈길이 다시 서로 얽혔고, 따뜻하고 부드러운 아이의 손이 내 손안에 놓였다. 내 손이 콘센트에 들어간 것처럼 간질거리기 시작했다. 그러자 불현듯 일이 저절로 진행됐다. 아이는 우리 손을 통해 마치 전선으로 전송하듯이 리듬감을 나에게 전했고, 우리는 몇 년 동안이나 이렇게 해 온 것처럼 음악에 맞춰 함께 움직였다. 완전히 새로운, 낯선 느낌이 해일처럼 밀려오고 '행복'이라는 단어가 떠올랐지만, 그 단어는 지금 여기서 일어나는 일에 비해 너무너무 보잘것없었다.

얼마 지나지 않아 나는 안팎으로 숨이 완전히 턱에 닿았다. 그래서 아이에게 같이 가장자리로 가서 뭔가 마시겠는지 손짓으로 물었다. 아이는 눈을 반짝이며 고개를 끄덕였고, 나는 행복한 마음으로 공중에 떠가듯 앞장서서 음료수 판매대 쪽으로 향했다. 잠시 후에 우리는 콜라 두 잔으로 건배했다.

"나는 카를리야."

다시 한번 내 소개를 했다.

이제 그 아이도 나에게 자기 이름을 말하기에 적절한 순간이었다. 하지만 그러지 않고 지나치게 생각에 잠긴 표정으로 기이하게 계속 나를 빤히 쳐다봤다. 나는 불안해졌다. 내가 지금 뭔가 이상한가? 혹시……. 나는 턱을 얼른 긁어야 한다는 듯이 행동하며 페르디를 손안에 숨겼다.

바로 그 순간, 그러지 않아도 별로 밝지 않던 조명이 더욱 흐릿해지더니 느끼한 음악이 흘러나왔다. 어두침침한 조명 아래서 수많은 짝이 빠르게 맺어지더니 서로 몸을 딱 붙인 채 꿈꾸듯 느릿하게 이리저리 몸을 살랑거렸다. 설상가상이군.

"이름이 뭐야? 너를 여기서 처음 봐!"

나는 다시 물어보고, 스피커에서 흘러나오는 관능적인 숨소리를 무시하려고 애썼다.

아이가 손을 내 뺨에 대자 그곳에 개미 부대가 순식간에 번져 나갔다. 아이는 부드럽게 내 얼굴을 자기 쪽으로 돌렸다. 그러고는 다시 나를 빤히 봤는데, 이번에는 집중하느라 눈썹까지 찡그렸다. 나는 안전상의 이유로 페르디를 계속 감추었다.

땀이 솟구치기 시작했다. 지금 여기서 무슨 일이 벌어지고 있지? 이 아이가 나를 놀리는 건가? 사실 그런 것 같지는 않았다. 그래서 나는 마지막으로 다시 한번 가벼운 대화를 시도했다.

"왜 그래? 왜 아무 말도 하지 않아? 혹시 귀가 안 들려?"

아이가 손을 내렸다. 모나리자의 미소가 입술에 다시 나타나더니 금세 점점 더 커지는 웃음으로 바뀌었다. 그러더니 결국은 눈물이 솟을 만큼 푸푸거리며 웃었다.

그 아이가 고개를 끄덕였다.

지루하게 알록달록한

동물 가족의 오물 대부분은 새끼들이 만들어 내고,
부모는 그것을 깨끗하게 청소한다.
특히 명금류의 경우 부모는 새끼들의 배설물을 둥지에서 정기적으로 치운다.
이때 부모는 흔히 함께 배달된 쓰레기봉투를 사용한다.
다시 말해서 새끼들은 배설물과 함께
이른바 '분변 주머니'라고 불리는 막 형태의 포장재도 배설한다.
둥지를 청소할 때 부모는 분변 주머니를 주둥이에 물고 날아가
둥지에서 멀리 떨어진 곳에 떨어뜨린다.
새끼들은 날 수 있게 되면 분변 주머니를 더는 생산하지 않는다.
그때부터 스스로 청결과 정리에 신경 써야 한다.

"휴, 로빈. 그날 저녁에 청각장애인 학교도 초대됐다고 나에게 미리 말해 줄 수 없었어?"

나는 한숨을 내쉬며 침대에 주저앉았다.

"잠깐만!"

로빈이 벌떡 일어나 나를 옆으로 밀치고 내 아래 깔린 이불

을 반듯하게 당겼다.

"좀 조심해. 새거야!"

이불은 재색이었다. 내 기분과 똑같았다.

로빈이 책상 의자로 다시 돌아갔다.

"사방에 공고가 붙어 있었고, 외츠칸 선생님도 다시 한번 말했잖아."

로빈이 모니터를 노려보며 재빨리 열 손가락으로 자판을 치면서 말했다. 나도 저렇게 자판 치는 법을 배우고 싶었다. 언젠가는 배울 터였다. 그때까지는 계속 검지 두 개만으로 독수리 타법을 사용해야 하는데, 틀림없이 이제 곧 아주 멋진 이두박근이 검지에 생기겠지.

"그래도 말해 줄 수 있었잖아."

나는 로빈이 이 모든 일에 책임이 없다는 사실을 알고 있었지만, 내 말투는 생각과 다르게 흘러나왔다. 물론 이 말투는 오로지 파렴치한 비난일 뿐이다.

어쨌든 로빈은 자판 치기를 멈추고 나에게 몸을 획 돌렸다.

"어휴, 카를리. 너 좀 더 잘 들어야 해! 너는 모든 사람과 일에 대해 끝없이 불평하지만 너야말로 완전히 엉망진창이야! 뭔가 잘되려면 네가 직접 신경을 써야 한다고!"

"요나가 울타리 말뚝처럼 아무 소리도 듣지 못하는 게 내 책임이야?"

나는 고집스럽게 대꾸했다.

"하필이면 그 아이를 만난 사람이 나라니, 정말 전형적이야!"

"그게 그렇게 나쁜 일일까? 네가 거기에 어떻게 대처하는지가 문제야. 카를리, 네가 어떤 상황에서 무엇을 만들어 내는지가 중요하다고. 알아들어?"

아니, 알아들을 수 없었다. 나는 부루퉁해서 손가락만 주물렀다.

"걔, 괜찮았어?"

로빈이 침대로 와 내 옆에 앉아 화해를 청하듯 싱긋 웃었다.

"그랬지."

인정할 수밖에 없었다. 바로 그게 문제였다! 요나는 상당히 괜찮았다. 아니, 사실은 엄청났다! 하지만 불현듯 어떤 소용돌이 속으로 더 깊게 빠져들어 가는 느낌이 들었다. 우유부단한 나를 깊은 곳으로 끌고 가면서 주변의 모든 것을 거칠게 돌리는 소용돌이였다. 제발 이런 일까지 더해지지 말기를. 내 인생에 엄마와 아빠, 홀거 삼촌만으로도 다양성은 정말 충분하다!

"그런데 너희들, 도대체 의사소통은 어떻게 했어?"

로빈이 호기심을 보이며 물었다.

"그 아이가 네 입술을 읽을 수 있었어?"

"그 생각 좀 하지 않게 해 줘!"

나는 경악하며 눈을 감았다. 으악, 창피해라! 꿰뚫는 듯한 요나의 눈빛, 내 뺨에 올렸던 손…… 이 모든 것은 오로지 내가 무슨 말을 하는지 알기 위한 행동에 불과했다. 그런데 나는 그걸 오해했다!

"입술을 읽기는 어려워. 특히 어두컴컴한 디스코텍에서는 더더욱. 요나 핸드폰에 앱이 하나 있는데, 우린 그걸로 문장을 써서 서로에게 보여 줬지."

요나가 킥킥 웃으며 나에게 내밀었던 첫 문장을 떠올리니 나는 얼굴이 또 달아올랐다.

✉ 너 정말 번개처럼 빨리 알아보는구나!

"청각장애인들은 일종의 수어를 사용하지 않아?"

"맞아, 그럴 거야."

요나는 실제로 일단 무척 복잡한 손동작으로 뭔가를 말하려다가 어리둥절한 내 표정을 보고는 핸드폰을 꺼냈다.

"그래서 어떻게 됐어? 전화번호를 서로 교환했어? 얼른 말해 봐!"

"아, 그래. 교환했어!"

나는 절망에 빠져 벌렁 누우며 한 팔로 눈을 가렸다. 도대체 왜 그랬던가? 내 핸드폰 번호 이야기가 나왔을 때 왜 고개를 젓지 않았던가? 이제 나도 그 멍청한 몸짓 언어를 배워야 하나? 거대한 말벌 떼가 윙윙거리는 것처럼 세찬 소리가 머릿속에서 울렸다.

"어이, 카를리. 흥분하지 마. 다 괜찮아질 거야!"

로빈이 내 어깨에 한 손을 얹었다.

"아, 그래? 도대체 어떻게? 내가 정신병원을 하나 열까? 입원할 사람은 이제 충분하니까 말이야."

마지막 말은 농담이었지만 로빈은 무척 진지하게 대답했다.

"귀가 들리지 않는다고 해서 정신이 나간 건 아니지. 전혀 다른 문제야. 카를리, 문제는 바로 너에게 있어! 더 잘 계획하고, 너 자신의 규칙을 만들어야 해. 그래야만……."

로빈은 잠깐 고민하다가 말을 이었다.

"네 주위의 모든 것이 너를 위협한다는 느낌을 받지 않게 될 거야. 무슨 말인지 알아?"

나는 잠시 그대로 누운 채, 친구의 말을 곰곰이 생각했다. 로빈은 절대 흔들리지 않는 확신 같은 걸 가지고 있고, 모든 일에 대답을 알고 있다! 어딘지 모르게 위안이 됐다. 로빈이 친구라서 얼마나 다행인가. 로빈이 하는 말은 틀림없이 믿을 만하다.

학교에서든 집에서든 나보다 나으니까. 여자아이들도 로빈을 좋아하는 것 같다. 저번에 리나조차 묘한 눈빛으로 로빈을 바라봤는데, 한 번만 그런 눈빛을 보인 게 아니었다. 그럴 때마다 내가 로빈이기를, 로빈의 삶을 살기를 강렬하게 원했다.

"어떻게 해야 하지?"

나는 살짝 비참한 심정으로 물었다.

"걱정할 것 없어. 내가 알려줄게. 누구나 배울 수 있어."

로빈이 진지하게 약속했다.

"내 정리 블로그로 시작하면 좋아. 목록과 계획 등도……."

그때 현관문 초인종이 울렸다. 로빈이 문을 열려고 벌떡 일어났다. 잠시 후 현관에서 리나의 목소리가 들려왔다.

나는 얼른 일어나서 꼿꼿하게 앉아 머리카락을 매만졌다. 아, 오늘 리나가 오기로 했지. 어떻게 그걸 깜박 잊었을까! 리나는 우리랑 정리 블로그를 계획하기로 했잖아. 이게 바로 기회야!

리나와 로빈이 방으로 돌아왔을 때, 나는 책상 앞에 앉아 방금 로빈이 그랬듯이 아주 집중한 표정으로 컴퓨터를 노려봤다. 화면에 '혁신적인 보관 시스템으로 공간을 만들라.'라고 쓰여 있었다.

집중했던 내 눈빛이 멍하게 바뀌었다. 이게 무슨 뜻이지? 내가 아는 단 하나의 보관 시스템은 내 침대 아래의 무더기인데.

하지만 뭐, 아마도 다른 뭔가가 있는 모양이군.

리나는 나보다 훨씬 더 많이 준비한 것 같았다.

"방금 아주 엄청난 팁을 봤어."

리나가 침대를 반듯하게 쓰다듬은 다음, 우아하게 자리를 잡고 앉아 다리를 꼬며 신이 나서 말했다.

"이 방법을 사용하면 옷장에서 무진장 많은 공간을 아낄 수 있어!"

"말해 봐!"

로빈은 리나가 개똥으로 금을 만드는 방법을 알려주기라도 하는 것처럼 흥분해서 눈을 크게 뜨고 말했다.

리나는 기대하라는 듯이 미소를 지으며 어깨에 메는 가방에서 은색 뭔가를 꺼내 의기양양하게 허공으로 들어 올렸다. 이럴 수가! 뚫어져라 쳐다봤지만 결과는 마찬가지였다. 음료수 캔 고리였다. 아이고, 천재적이기도 하지.

"혹시 옷걸이 두 개 있어?"

로빈이 선뜻 일어나 옷걸이를 가져다줬다. 옷장을 흘낏 보니 그곳에는 보관 시스템이 더는 필요하지 않아 보였다. 리나는 음료수 캔의 금속 고리를 옷걸이 고리에 끼우고 설명했다.

"이 금속 고리에 다시 옷걸이를 걸 수 있어. 그리고 거기에 캔의 고리를 또 걸고, 이런 식으로 계속하는 거야. 그러면 옷걸이

들이 '옆으로 나란히'가 아니라 '아래로 나란히' 걸리니까 공간을 훨씬 더 잘 활용할 수 있지!"

리나는 스웨덴의 빛의 축제인 루시아 축제 때의 루시아처럼 환하게 빛났다.

"천재적이다."

로빈이 경외심을 담아 속삭였다.

나는 확실하게 정의할 수 없는 소리를 웅얼거리면서, 로빈과 비슷한 감탄사를 낸 것처럼 들리기를 바랐다.

"너희가 보다시피, 나도 인테리어에서 몇 가지 변화를 줬어!"

로빈이 자랑스럽게 말하고는 자리에서 벌떡 일어나 팔을 크게 벌리며 방을 가리켰다.

이제 리나가 감탄하여 속삭였다.

"엄청나다!"

방을 둘러봤다. 정말 그랬다. 나는 세상이 무너지는 아픔 때문에 변화를 미처 알아채지 못했다. 로빈의 방은 내가 지난번에 마지막으로 왔을 때와 완전히 달랐다. 재색 벨벳 이불과 분홍과 진초록 쿠션도 새것이고, 벽에는 직접 만든 것 같은 책장들이 늘어서 있었다.

"오래된 과일 상자로 만들었어."

내 시선을 눈치챈 로빈이 설명했다.

"그리고 직접 니스 칠도 했지!"

그랬다, 쿠션이 놓인 침대처럼 책장도 잿빛에, 분홍에, 진초록이었다. 시선을 돌리던 나는 이곳에 있는 모든 것이 같은 색이라는 사실을 깨달았다. 새 알람 시계, 세워 두는 전기스탠드, 작은 탁자, 벽에 걸린 사진, 꽃이 분홍이고 사과는 진초록이었다!

"노란 바나나가 먹고 싶네."

내가 악의를 품고 말했지만 로빈은 무슨 말인지 알아듣지 못해서 어리둥절한 채 나를 그저 멍하니 보기만 했다.

"여기 이건 뭐야?"

리나가 협탁에 있는 괴상한 목제 틀을 가리켰다. 회녹색이었다.

"그것도 내가 직접 만들었어. 설명서는 인터넷에서 봤지."

로빈은 기대에 찬 표정으로 잠시 기다렸지만, 그게 도대체 어떤 정교한 작품인지 나도 리나도 알아채지 못하자 얼른 덧붙여 말했다.

"핸드폰 거치대야. 밤마다 거기 넣어서 차분하게 충전할 수 있어. 아무 데나 놓지 않고 말이야."

"굉장하다!"

리나는 황홀경에 빠져 환호성을 질렀다.

"이제 뭘 할까?"

"우리 정리 블로그 편집 일정을 짜는 게 어떨까 생각해."

로빈이 기대에 차서 손뼉을 치며 말했다. 이렇게 자유분방한 모습은 정말 오랜만이었다.

"이번 주는 다양한 보관 시스템부터 시작하고, 그다음에……."

긴 오후였다. 우리는 분홍 쿠션이 놓인 재색 침대에 앉아 진초록 사과를 씹었다. 리나는 평정을 되찾은 듯 나에게 무척 싹싹했지만 그럼에도 나는 왠지 모르게 소외감을 느꼈다. 리나와 로빈은 몇 년 전부터 함께 성장한 팀처럼 공을 이리저리 주고받는데, 나는 서툰 볼보이가 되어 조금이라도 경기에 기여하려고 애쓰는 듯한 기분이었다. 그런데 나는 이 경기의 규칙조차 알지 못했다.

진짜 문제

부끄러움을 느끼려면 자의식과 공감 능력이 있어야 한다.
자기를 지켜보는 타인의 생각을 상상할 수 있어야 한다는 뜻이다.
수치심이 중요한 기능을 하는 사회적 동물들이 이 경우에 해당한다.
예를 들어 어떤 원숭이가 나무에 오르다가 떨어지면
무리는 그 원숭이가 제정신이 아니라고 생각해서 쫓아낼 수도 있다.
하지만 그 원숭이는 부끄러워하는 모습을 보여 줌으로써
추락은 그저 실수에 불과하며 자신은 '정상'임을 무리에게 알린다.

오늘 아침 요거트 뚜껑을 열다가 요거트가 얼굴에 잔뜩 튀었다. 등굣길에는 자전거 체인이 벗겨져서 지각하는 바람에 학생 기록부에 세 번째 벌점이 기록됐다. 그리고 평소처럼 어깨를 툭 치며 인사하자 로빈은 세상이 멸망하는 모습을 목격한 할머니보다 더 끔찍한 비명을 질렀다. 내 손에 그저 기름이 아주 조금 묻어 있었을 뿐인데. 물리 시간에는 원래 내가 발표를 해야 했지만, 어제 오후 내내 정리한 색인 카드를 잊어버리고 가져오지 않았다.

그래서 지금 기분이 아주 좋지 않다. 모든 게 잘못됐으니 이상한 일도 아니다. 페달을 밟을 때마다 엄청난 분노가 솟구쳐서 마치 움직임을 통해 분노를 펌프질해 올리는 느낌이었다. 이제 곧 모든 것을 파괴하는 홍수가 닥치기 직전의 위험 수위에 도달하겠군.

요란하게 삐걱거리며 브레이크를 밟아 자전거를 내팽개치듯 집 앞에 세워 두고 장애물이 전혀 없는 계단을 뛰어 올라가 폭풍 치듯 초인종을 울렸다. 1초쯤 지나도 문을 열어 주는 사람이 없자 짜증을 내며 주머니에서 열쇠를 꺼내, 적국을 공격하라는 신호가 떨어지기라도 한 것처럼 집 안으로 돌진했다.

클레테가 도발적으로 덜컹대며 나를 맞았다. 나는 부엌으로 계속 달려갔다. 로빈이 나더러 "너 자신의 규칙을 만들어야 해."라고 하지 않았던가? 그러니 바로 시작해서, 장애인 스포츠를 위한 이 작업실을 느긋하게 치즈 빵을 만드는 공간으로 바꾸어야겠다! 나는 주변에 늘어선 물건들 중에 음식을 준비하는 데 필요하지 않은 모든 것을 빈 상자에 단호하게 던져 넣기 시작했다. 그저 구석에 가만히 있던 상자는 이제 적어도 한 가지 목적을 수행하게 됐다.

"카를리, 뭐 하니?"

나는 몸을 돌렸다. 문간에서 엄마와 아빠가 어리둥절한 표정으로 나를 바라보고 있었다.

"정리하잖아요. 보면 몰라요?!"

나는 고함을 질렀다.

"안 그랬다가는 언젠가 빵에 치즈 대신 나사가 들어가 있을 테니까요!"

당황해서 바라보는 엄마와 아빠에게 계속 소리쳤다.

"여기 빵이 있다면 말이에요!"

안타깝게도 목소리가 뒤집어지면서 이상한 소리가 나는 바람에 내 분노 폭발의 영향력은 상당히 줄어들었다.

엄마와 아빠는 서로 마주 보며 이해심이 가득한 눈길로 히죽 웃었다. 내가 너무나 싫어하는 '우리가-애를-나쁘게-생각하면-안-돼-시선', '사춘기-애들은-힘든-법이지-시선'이었다. 하, 정말 탄도미사일처럼 날아가고 싶네!

"잼 병들을 식료품 저장실에 알파벳순으로 정리하는 걸 우리가 도와줄 수 있어."

엄마가 부드러운 목소리로 제안했다. 아빠는 목소리를 낮춘 채 킥킥 웃었다.

이제 도저히 참을 수 없었다. 나는 휙 돌아서 두 분 사이를 우당탕 지나 복도로 향했다. 클레테가 다시 눈에 들어왔다. 너 잘 만났다. 너부터 정리해야겠군. 아무에게도 해를 끼치지 못하게 클레테를 지하실에 넣어 버려야지!

나는 휠체어를 잡고 현관문을 열어젖힌 다음 복도로 휙 밀어 버리려고 했다. 그런데 거기 누군가 서 있는 모습을 보고 마지막 순간에 겨우 브레이크를 걸었다. 요나였다.

"여기서 뭐 해?"

나는 당황해서 요나를 빤히 봤다. 혹시 우리가 약속을 했던가? 기억나지 않는데.

"어, 안뇽. 이게 누구지?"

내 뒤에서 소리가 울려 퍼졌다. 아빠가 내 옆으로 비집고 나와 자리를 잡고, 엄마도 내 어깨 너머로 엿보는 게 느껴졌다.

요나가 두 분에게 싹싹하게 미소를 지었다.

"카를리 친구니? 들어오지 않을래? 우린 지금 막 잼 병을 정리하려던 참이란다."

이번에는 엄마가 시시껄렁한 수다를 떨었다.

"애쓰실 거 없어요. 얘는 듣지 못해요. 벽돌보다도 더 귀가 꽉 막혔으니까."

나는 말하면서 동시에 재킷에 손을 뻗었다. 얼른 여길 벗어나야 해.

"아, 흥미로운 이야기구나."

아빠가 감탄하고는 불도저처럼 요란하게 고함을 질렀다.

"들어오렴, 같이 코코아 마시자!"

"소리 질러도 소용없어요."

나는 요나의 팔을 잡고 복도를 지나 계단을 뛰어 내려갔다.

내가 화를 내며 인도를 따라 쿵쿵 걷는 바람에 옆에 있는 요나가 나랑 보조를 맞추기 힘들어했다.

"요나, 미안해. 아까는 상황이 정말 안 좋았어. 무척 화가 났는데, 너 때문이 아니야. 네가 오해하지 않으면 좋겠어……."

내가 쉴 새 없이 툴툴거리자 요나는 내 소매를 잡고 내 앞에 서서 마구 손짓을 하며 뭔가 묻는 표정으로 나를 빤히 봤다.

나는 한숨을 내쉬고, 길 아래 조금 떨어진 곳에 있는 공원 벤치를 가리켰다. 요나가 고개를 끄덕였고 우리는 함께 그곳으로 향했다.

우리는 서로 얼굴을 똑바로 볼 수 있게 마주 보고 앉았다. 나는 일단 숨부터 돌려야 했다. 요나가 진정시키듯이 한 손을 내 무릎에 얹자 온기가 청바지를 뚫고 금세 전해졌다. 내 기분도 나아졌다.

나는 요나를 더 자세히 관찰했다. 요나의 얼굴은 다른 모든 얼굴과 완전히 달랐다. 뭐가 그렇게 특별한지 알아내는 데 시간이 조금 걸렸지만 결국은 깨달았다. 요나의 얼굴은 단순히 두 개의 눈과 코와 입과 뺨과 그 사이의 피부가 아니었다. 이 얼굴에는 이야기가 있었다. 얼굴이 계속 움직였다. 여기서 눈썹이 올라가고, 저기서 입꼬리가 일그러지거나 뭔가 묻듯이 눈이 커졌다. 요나는 얼굴과 손으로 이야기했다. 양손은 작은 새처럼 이리저리 날며 얼굴 표정과 완벽하게 협력해 수다쟁이들보다 더 많은 것을 표현했다.

나는 그제야 다른 질문도 떠올랐다.

"너, 말도 하지 못해?"

이 질문을 하면서 나도 모르게 아빠처럼 목소리가 커졌다.

요나는 한순간 눈썹을 찡그린 채 나를 보다가 한숨을 내쉬고는 고개를 끄덕였다. 그러고 핸드폰을 꺼내더니 문장을 입력한 다음 나에게 보여 줬다.

✉ 소리 내지 말고 짧은 문장으로 말해.

어리둥절했지만 한번 해 보니 바로 이해할 수 있었다. 소리를 내지 않으니 저절로 훨씬 더 또렷하게 입을 움직이게 됐다.

"너, 말을 하지 못해?"

나는 소리 내지 않고 얼굴을 잔뜩 일그러뜨리며 말하면서, 아무도 우리를 못 보기를 바랐다.

요나가 눈을 흘겼다.

✉ 듣지 못하는 사람은 말하는 걸 배우기가 아주 어려워.

그렇지, 그건 금방 이해할 수 있었다. 엄마의 어린 조카 빌리는 다른 사람이 한 말만 쉬지 않고 따라 했다. 나는 요나를 빤히 보며 망설이기만 하고 선뜻 말을 꺼내지 못했다. 무지무지하게 궁금한 게 생겼지만 요나에게 상처를 주고 싶지 않았다.

요나가 재촉하듯이 나를 쳐다봤다. 그래서 용기를 냈다.

"달라지고 싶지 않아?"

요나는 무슨 소리냐는 표정으로 눈썹을 치켜세웠다.

"그러니까…… 평범해지고 싶지 않냐고."

요나의 눈썹이 좀 더 올라갔다.

✉ 평범한 게 뭐야?

평범한 게 뭔지는 사실 명확했다. 하지만 짧은 문장으로 표현하려니 어딘지 모르게 바보처럼 느껴졌다.

"다른 사람들과 같으면 평범한 거지."

✉ 다른 사람들은 어떤데?

"흐음, 눈에 별로 띄지 않잖아."

✉ 나는 눈에 띄어?

"당연하지. 너는 듣지 못하잖아."

✉ 너는 뭐든 할 줄 알아?

아이고, 요나는 우리 아빠랑 무진장 말이 잘 통하겠구나.

"하지만 네가 다른 상황을 고를 수 있다면……."

나는 고집스럽게 우겼다. 그러다가 불현듯 설득력 있는 주장이 떠올랐다.

"음악을 들을 수 있잖아!"

요나가 웃으며 내 손을 잡더니 땅바닥을 발로 세게 쿵쿵 굴렀다. 그 진동이 곧장 내 손가락 끝까지 전해졌다.

"네가 음악을 느낀다는 뜻이야?"

요나가 고개를 끄덕이고 문장을 입력했다.

✉ 자동차 안에서 라디오 볼륨을 끝까지 올리는 게 제일 좋아. 그러면 난 가만히 앉아 있을 수가 없어.

요나가 웃으며 소리 없는 노래에 맞추어 몸을 움직였다. 청각장애인들이 가득한 자동차에 앉아 있는 것은 틀림없이 아주 특별한 경험일 것이다. 무엇보다도 그들 중 한 명이 운전을 한다면.

✉ 너는 어때? 달라지고 싶어?

"사실 나는 아니야. 하지만……."

나는 잠깐 생각하다가 대답한 후에 망설였다.

요나가 손짓으로 계속 말하라고 재촉했다.

"집에서는 다들…… 이상해."

요나의 얼굴이 이유를 묻고 있었다.

"우리 엄마는 꽤 뚱뚱하고……."

요나는 그게 뭐 어때서, 라는 표정으로 어깨를 으쓱했다.

"아빠는 걷지 못하고……"

그래서 뭐? 요나의 손이 말했다.

"그리고 삼촌은 자기가 남자인지 여자인지 몰라."

요나가 활짝 웃었다.

✉ 모두 만나고 싶다.

내 얼굴이 어두워졌다. 요나야 웃을 수 있겠지. 바깥에서 보면 이 모든 상황이 어쩌면 무진장 재미있게 보일 수도 있다. 하지만 이 멋진 가족이 여름 축제에 가서, 뚱뚱한 엄마가 그릴 앞에 다섯 번이나 줄을 서고 아빠가 학부모와 어린이 축구 경기에 참가하겠다고 고집을 부리는 바람에 사람들이 불쌍히 여겨 휠체어를 탄 아빠를 골문 앞에 세워 두면 이야기가 완전히 달라진다. 홀거 삼촌 이야기는 하고 싶지도 않다. 그래, 이 모든 것은 무척 재미있지만 다른 사람들에게만 그렇다. 빤히 노려보는 시선들을, 갈색 두꺼비들 사이에 있는 분홍색 개구리를 보는 듯한 눈빛을 견뎌야 하니까. 이런 상황이 너무 지겹다.

그런데 이제 요나까지. 나는 순진무구하게 보이려고 애썼지만 안타깝게도 요나는 마치 담벼락에 네온사인이라도 비친 것처럼 내 생각을 너무도 빨리 알아챘다.

이제 내 얼굴에 드리운 것보다 더 짙은 그늘이 요나의 얼굴에도 드리웠다.

✉ 그런데 이제 나까지 더해졌네.

"아, 무슨 소리야."

내가 말했지만, 요나는 다음 문장을 이미 들어올렸다.

✉ '정상이 아닌' 누군가가 또 한 명.

✉ 눈에 띄는 누군가가.

✉ 그래서 네가 창피해 할 누군가가.

나는 뭐라고 대답해야 할지 몰랐다. 요나의 말이 왠지 모르게 맞았으니까. 그래서 그냥 가만히 있었다. 하지만 어차피 너무 늦었다. 요나가 벌떡 일어나서 마지막 문장을 보여 주고 몸을 돌려 가 버렸기 때문이다.

✉ 나쁜 자식.

계획 세우기

동물들은 벌보다 보상에 더 잘 반응한다.
이른바 '보상 지연'은 특별한 도전이다.
보상 지연이란 노력과 연관된 특정한 행동이
지금 당장이 아니라 지연되어 보상된다는 뜻이다.
한 실험에서 갑오징어는 나중에 맛있는 새우 두 마리를 얻을 수 있으면
새우 한 마리를 먹지 않고 최대 2분까지 참는 데 성공했다.
스스로 통제할 수 있는 동물은
특히 학습 능력이 뛰어나다고 밝혀졌다.

이날 아침 학교에 갔더니 로빈이 대강당 게시판 앞에 바짝 달라붙어 있었다. 거기 붙은 포스터에 너무 가까이 있어서 나는 한순간 로빈이 밤새 시력을 잃었는지도 모른다고 걱정했다. 이제 내 모음집에 빠진 사람은 시각장애인뿐이었으니까.

내 베프는 방금 몸소 나타난 성모 마리아를 본 것 같은 표정

으로 나에게 돌아섰다. 아니면 인기 가수 두아 리파라도 봤나.

“카를리, 이것 좀 봐.”

로빈이 황홀한 표정으로 속삭였다.

그래서 포스터를 읽어 봤다.

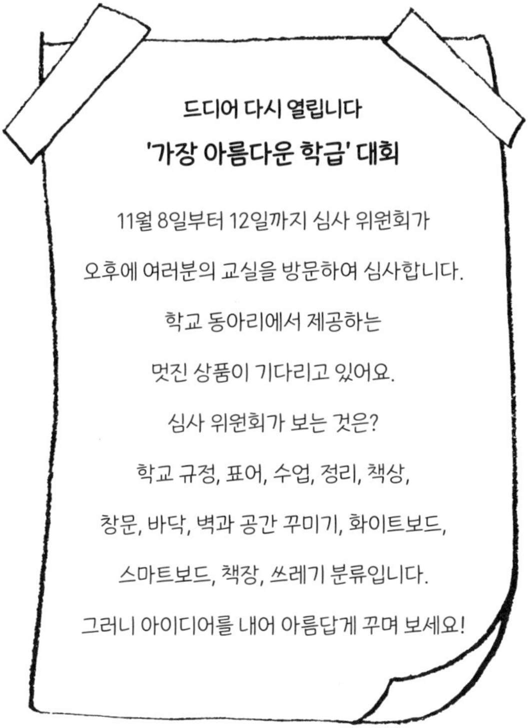

“아이고, 친구야.”

나는 로빈의 어깨에 팔을 얹고 교실 쪽으로 부드럽게 밀었다.

"우린 이미 정리 블로그가 있잖아! 그거면 충분하다고 생각하지 않아? 계속 이러다가는 뇌가 너무 꽉 차서 보관 시스템이 필요하겠어. 그리고 '멋진 상품'이라는 건 어차피 이번에도 1유로 할인 상품권일 거야."

이런 일은 정말이지 필요 없었다. 신경 써야 할 다른 일들도 이미 차고 넘쳤다. 예를 들어 요나가 그다지 다정하지 않은 모습으로 가 버린 이후 나에게 연락하지 않는 상황 같은 것.

"하지만 카를리, 상품이 문제가 아니야!"

로빈이 흥분해서 내 팔을 잡았다.

"여기 이건 더 훌륭한 일이야! 우린 교실을 다 뒤집고 완전히 새로 꾸밀 수 있어. 우리가 블로그에서 추천한 모든 것을 실험해 볼 수 있다고! 그러면 그걸 기록하고, 특정한 사항에만 신경을 쓰면 모든 게 작동하고 또 더 조화롭게 이루어진다는 사실을 증명하게 되는 거야!"

로빈은 줄리엣의 발코니 앞에 있는 로미오처럼 눈을 반짝이며 열광했다. 물론 그 이야기는 비극으로 끝나니까 성공적으로 이루어진 일에 딱 들어맞는 예가 아니기는 하다.

여기 이 일도 의문이다. 나는 반 아이들이 쉽게 설득되리라고 생각하지 않는다. 어쨌든 이런 대회에는 '일'이라고 불리는 상당한 노력이 필요한데, 누구나 일을 잘하지는 않기 때문이다.

내 짐작은 정확하게 맞았다. 잠시 후 외츠칸 선생님이 포스터를 가지고 와서 교실 벽에 붙이자 곧장 나타난 반응은 대부분 시끄러운 툴툴거림이었다.

"드디어 다시 열린다고요? 벌써 다시 열리는 거겠죠!"

"쓰레기 분류? 지금도 문제없어요!"

뭉친 사탕 껍질이 앞으로 튕겨 나갔다.

"수업? 그렇다면 방학도 더 필요해요!"

누군가 대꾸를 할 때마다 요란한 야유와 고함이 터져 나왔다. 로빈과 외츠칸 선생님 둘 다 한숨을 내쉬고 절망적인 표정으로 변했다.

그러다가 선생님이 말리듯이 양손을 들어 올렸다.

"이제 다들 진정해라! 어떤 방식으로 진행될지 아직 모르잖니. 정말 멋진 일이야! 너희는 여기서 뭔가 함께할 수도 있고, 또 아주 특별한 방식으로 각각 자신을 드러낼 수도 있다!"

"어떻게요? 다들 마구 밟은 바닥을 깨끗하게 핥을까요?"

사실 그렇게 재미있는 상황은 아니었지만 애들이 너무 흥분하는 바람에 그 뒤에 따라온 흥겨운 소동은 그칠 줄 몰랐다.

외츠칸 선생님은 기자◁의 피라미드 돌덩이들을 방금 모두

◁ 이집트 수도인 카이로 교외에 있는 도시.

나른 것처럼 지쳐서 교탁에 기댔다. 그러고는 자기 목소리가 소음을 뚫고 나갈 기회가 조금이라도 생길 때까지 기다렸다.

"내가 좀 전에 설명하려고 했는데, 심사 위원회는 학급의 전체적인 성과를 판단해. 그러니 서로 조율해서 학급 환경 미화를 전체적으로 일관된 결과로 이끌어야 한다."

선생님은 예방 차원에서 경고하듯 양팔을 올렸다가 아무런 반항도 없자 놀라서 다시 내렸다. 이제 다들 더는 듣지 않는 것 같았다.

"또 각 개인은 특별한 아이디어를 내거나 정기적으로 참가함으로써 자신의 능력을 발휘할 수 있다. 앞으로 몇 주 동안 목록을 여기 교실에 둘 테니 누구든 자기가 한 일을 적어라. 칠판 지우기, 유리창 닦기, 책장 정리 등등. 질문 있나?"

외츠칸 선생님은 이 주제를 최대한 빨리 끝내고 싶다는 표정으로 우리를 둘러봤다.

"그래, 벤?"

"'멋진 상품'이 뭐예요?"

"잠깐만, 내가 알기로는……."

선생님이 중얼거리며 교탁에 놓인 종이 몇 장을 뒤적거렸다.

"마트 상품권인 거 같았는데."

벤과 톰과 샤힌은 시위하듯 격하게 한숨을 내쉬며 뒤로 벌렁 넘어가더니 의자와 함께 세 명 모두 동시에 넘어졌다.

"아, 여기 있다!"

선생님은 종이 한 장을 코앞에 바짝 붙였다.

"그래, 맞았어. 할인 상품권, 학교 로고 스티커. 아, 엄청난 것도 있다. 전 과목 어려운 문제 퍼즐도 있어."

외츠칸 선생님은 조명을 받는 디스코 볼처럼 우리를 보며 환하게 웃었다.

삼총사는 일어날 생각도 하지 않고 바닥에서 계속 한숨만 내쉬었다.

"1등 상은 없어요? 그러니까 목록에 이름을 제일 많이 올렸거나 뭐 그런 경우에 말이에요."

나는 사실 이 질문으로 관심이 있는 척해서, 말없이 체념한 채 이 대회에 관한 모든 희망을 포기한 것 같은 로빈을 조금이나마 위로하고 싶었다.

"기다려 봐."

선생님은 이마를 찌푸리고 종이를 다시 훑어봤다.

"어, 있다."

그러고는 약간 실망한 목소리로 상품 내용을 읽었다.

"목록에서 1등을 한 학생은 학급 1등 상에 더해 '황금 악마들'의 다음 콘서트 입장권 두 장을 받습니다."

누군가 불현듯 이 세상에서 소리를 없앤 것 같았다. 선생님의 말이 끝나고 등장한 완벽한 침묵은 벤과 톰과 샤힌이 새빨개진 얼굴로 책상 아래에서 기어 나오느라 버둥거리는 소리가 들릴 때까지 계속 이어졌다. 우리 모두는 어리벙벙해서 선생님을 빤히 쳐다봤다. 세상에, 이렇게 전 세계적 영향력을 지닌 뉴스부터 말해 줬어야 하는 거 아니야?

소리가 다시 들리더니 엄청난 환호성이 일어났다.

"당연히 참가해야지!"

"내가 유리창을 닦을 거야! 유리창은 내 거라고! 내가 먼저 말했어!"

내 온몸에 환한 미소가 번져 갔다. 남들이 뭘 하든, 서로 밀치며 앞으로 나서든 말든 나와는 전혀 상관없었다. 누가 100퍼센트 확실하게 1등 상을 받을지 이미 알고 있으니까. 나는 로빈의 어깨에 부드럽게 손을 올리고 친구에게 몸을 숙였다.

"있잖아, 너 음악에는 별로 관심이 없지?"

로빈이 그렇다고 고개를 끄덕이자 나는 더할 나위 없이 싹싹하게 말을 이었다.

"그러면 네가 1등을 할 경우 콘서트 입장권 두 장을 분명히 나에게 넘겨줄 수 있겠다. 안 그래?"

"그럼, 당연하지."

로빈이 가볍게 대답했다.

거 봐. 나는 아주 만족해 뒤로 몸을 기댔다. 내 인생에도 드디어 정확한 계획이 하나 생겼다! 방금 전까지만 해도 이제 안 된다고, 게임 오버라고, 곤경에 빠져 있다고 믿었지만 잘못된 생각이었어! 이 대회는 내 인생의 전환점이 되어 줄 테니 이제부터는 올라갈 일만 남은 거야! 로빈의 도움으로 입장권을 얻어 리나를 '황금 악마들' 콘서트에 초대해야지! 그러면 리나는 나에게 고마워할 거야. 아니, 나를 우러러보겠지!

모든 게 다 좋아질 거야. 확실해.

기적의 세상

동물에게 중요한 감정 가운데 하나는 실망감이다.
실망은 반드시 피해야 한다.
그래서 사회적 관계에서 이따금 싸움을 포기하기도 한다.
얼른 '패배'한 척하고 자신이 상대방보다 열등하다고 인정하는 것이다.
그러면 상황을 통제하고 실망을 피할 수 있다.

삶을 진정으로 바꾸는 깊은 변화는 들끓는 용암을 하늘로 내뿜고 땅을 뒤흔드는 화산 폭발 같은 힘으로 일어나지 않는다. 그렇다, 해악이라고는 전혀 없으며 눈에 띄지 않는 방식으로 다가온다. 예를 들면 내가 방금 쓰레기통에서 발견한, 뜯지 않은 귀리 비스킷 봉지 같은 형태로 찾아오는 것이다.

나는 어안이 벙벙한 채 쓰레기통에서 비스킷 봉지를 꺼내 들었다. 엄마가 왜 비스킷을 버렸지? 완벽한 신종 다이어트 망상에라도 시달리나? 아니, 말도 안 되는 소리야. 그럴 리가 없어. 코끼리가 생쥐 팬티를 입으려는 게 차라리 낫지. 아빠가 버렸나? 아니면 홀거 삼촌이? 그럴 가능성은 더더욱 없었다. 세 사람은 찰거머리들처럼 딱 달라붙어 있으니까.

나는 일단 멍한 상태로 치즈 빵을 하나 만들었다. 잠시 후 우적거리며 식탁에 앉았을 때, 불현듯 어떤 생각이 떠올랐다. '내가 치즈 빵을 하나 만들었다.' 나사를 옆으로 치우거나 공구를 먼저 정리할 필요도 없이 그냥 간단하게. 게다가 토마토도 원래 있어야 할 자리에 있었다! 그러고 보니 집이 기이할 정도로 조용했다. 달그락거리는 소리, 삐걱거리는 소리, 딱 부러지는 소리도 들리지 않았고 뭔가 굴러다니지도 않았다. 너무 놀라서 빵 조각이 목구멍에 걸렸다. 도대체 무슨 일이지? 분명히 무슨 일인가 벌어졌어!

나는 거실로 달려갔다. 엄마와 아빠, 홀거 삼촌이 마치 횃대에 앉은 닭들처럼 소파에 함께 앉아 있었다. 다들 어딘지 모르게 당황한 표정으로 탁자를 빤히 노려보는 중이었다. 탁자에 구겨서 뭉친 종이가 놓여 있었다. 몇 걸음 만에 탁자로 가서 종이를 반듯하게 폈는데, 사방에 묻어 있는 얼룩에 손가락이 달라붙었다. 우웩, 이 종이가 어디서 난 거야? 혹시 쓰레기통에서 건진 건가?

그랬다. 그게 무슨 종이인지 그제야 눈에 들어왔다. 며칠 전에 내가 쓰레기통에 휙 던져 버린 학급 파티 초대장이었다. 이제 나도 세 사람만큼이나 당황한 채 초대장을 노려봤다.

잠시 후 아빠가 이 불편한 침묵을 깨고 헛기침을 했다.

"엄마가 오늘 오전에 발견했다."

아빠가 목쉰 소리로 말하고 이렇게 덧붙였다.

"귀리 비스킷을 버릴 때."

"비스킷을 왜 버렸어요?"

나는 깜짝 놀라 캐물었다.

"날짜가 지나서."

엄마가 우울한 표정으로 대답했다. 그러고는 심호흡을 하고 말을 이었다.

"넌 학급 파티 초대장을 우리에게 주지도 않았고 더 나쁜 짓도 했어. 의도적으로 우리가 초대장을 받지 못하게 했지."

내가 그저 계속 탁자만 노려보고 있자 아빠가 덧붙여 말했다.

"넌 우리가 참석하는 게 싫은 거야."

홀거 삼촌은 말을 하려고 몇 번이나 시도했지만 목소리가 나오지 않았다. 그러다가 드디어 입을 열었는데, 삼촌의 말은 핵

폭탄급 효력을 지니고 있었다.

"너, 우리가 창피하구나."

크게 치켜뜬 구슬픈 세 쌍의 눈이 나를 바라봤다. 나는 안락의자에 힘없이 털썩 앉았다. 나를 배신한 초대장을 자꾸 반듯하게 펼치려고 애쓰는 내 손에서 초조함이 묻어났다. 펴려고 할 때마다 끈적끈적한 부분이 조금씩 더 짙은 색으로 변했다. 나는 포기하고 말았다. 한번 이렇게 구겨진 종이는 다시 완전히 반듯하게 펴지지 않는다. 언제나 흔적을 남긴다.

"그래, 우린 알아들었다."

엄마가 한 손으로 거실을 빙 둘러 가리켰다. 지극히 평범한 가족의 지극히 평범한 거실에 어울리지 않는 모든 것이 여기서도 사라졌다는 사실을 그제야 깨달았다. 아빠의 훈련 기구와 엄마의 새 구조물 등 모든 것이 사라졌다. 클레테도 보이지 않았다.

"내가 지하실에 가져다 뒀어."

내 시선을 제대로 읽은 홀거 삼촌이 말했다. 삼촌의 목소리는 마치 '내가 클레테를 빵과 물만 있는 지하 감옥에 영원히 가뒀어.'라고 말하는 것 같았다.

나도 뭔가 말하고 싶었지만 조금이라도 현명한 말이 떠오르지 않았다. 불현듯 요나가 생각났다. 벤치에서 대화를 나눈 이후로 요나는 다시 나타나지 않았다. 어쩔 수 없지. 그게 뭐 내 잘못인가? 이 세상 어디로 꺼져 버리든 나랑 무슨 상관이람. 걔가 그렇게나 예민한 게 내 책임은 아니잖아. 그래도 지금은 입을 다물고 있는 게 나을 것 같았다.

엄마가 뭔가 결심한 표정으로 자리에서 일어났다.

"어쨌든 우린 의논을 하고 결정을 내렸어."

아이고!

"우리 모두는 학급 파티에 가기로 했다. 그리고 카를리."

엄마는 불룩한 배가 허락하는 한 몸을 최대한 앞으로 숙였다.

"넌 걱정할 필요 없어. 모두에게 멋진 파티가 될 테니까. 너에게도 말이야. 우린 너를 창피하게 만들지 않을 거다."

놀라운 일과 기적은 여전히 일어난다. 할렐루야.

진짜 축제

피부는 자라면서 큰 변화를 일으킬 수 있는 감각 기관이다.
타인과의 신체적 접촉은 이를 위해 매우 중요하다.
신체적 접촉은 뇌, 다시 말해서
생식 기관의 접촉 신호를 처리하는 뇌 영역에 큰 변화를 가져온다.
어린 암컷 쥐는 동종의 수컷과 신체적 접촉을 했을 때
사춘기에 더 일찍 도달하고 성적으로 성숙해진다는 사실이 밝혀졌다.

열네 개의 팔이 손바닥을 위로 한 채 약 10미터 거리를 두고 우리를 향해 뻗어 있었다. 나는 우리 줄을 차례로 살펴봤다. 오른쪽에서 왼쪽으로 가는 순서라서 내 차례는 여덟 번째였다. 벤과 샤힌은 내 앞에 있었다.

"어이."

나는 바로 옆에 있는 요나스를 아주 세게 밀었다. 그래서 요나스는 틸에게 부딪치고 틸은 또 요수아에게 넘어졌는데, 이런 도미노 현상은 결국 벤과 샤힌에게까지 이어졌다.

"너 미쳤어?"

다들 화가 나서 나를 노려봤다.

"리나는 건들지 마."

내가 경고했다.

벤이 눈을 흘겼다. 벤은 어차피 릴리를 선택할 테지만 샤힌은 확실치 않았다. 왠지 모르게 들켰다는 눈빛이었다. 그래서 나는 샤힌에게 다시 한번 경고하는 눈길을 보냈다.

손뼉치기 게임이 시작됐다. 오늘 아침에 외츠칸 선생님이 흥겹게 설명한 바에 따르면, '학급 파티에 많은 즐거움을 주고' 게다가 '공동체 의식을 강화'하는 게임이었다. 선생님은 이미 입에 호루라기를 문 채 서 있었다. 나는 그릴과 뷔페가 차려지고 손에 접시와 컵을 든 부모님들이 서서 대화를 나누는 장소를 어깨 너머로 슬쩍 돌아봤다.

이 상황을 여전히 믿을 수 없었다. 우리가 이곳에 온 지 이미 두 시간이 지났는데, 아무 일도 일어나지 않았다. 엄마는 그릴에 다섯 번이나 줄을 서지 않았다. 상황이 그러니 행복하지 않은 표정으로 소시지 대신 열 번째 식빵 조각을 거대한 연못 같은 케첩에 담그는 중이었다. 아빠는 우리가 있는 경기장에는 올 생각도 하지 않았고, 홀거 삼촌은 동화 나라의 별 무리보다 더 반짝이는 옷은 입지 않았다. 셔츠와 넥타이까지 갖춘 양복에 몸을 구겨 넣었는데, 그릴 파티에 오기에는 좀 과한 옷차림일 수도 있지만 좋은 의도가 중요하니까 뭐. 좋은 의도는 삼촌에게 정말 많이 필요했다. 벤의 부모님이 삼촌에게 이름을 묻자 삼촌은 치아 사이로 쥐어짜 내듯 거의 들리지 않을 만큼 작은 목소리로 "홀거."라고 대답했다.

나는 모두 이렇듯 힘껏 노력하는 모습에 왠지 모르게 감동했다. 이런 노력은 성과가 있었다. 우리 가족은 다른 부모님들과 대화를 나누고 있었다. 지극히 평범하게! 이제 로빈의 엄마도 와서 싹싹하게 웃으며 대화에 끼어들었는데, 그 아줌마도 나만큼이나 놀랐을 것이다! 나는 끼어들거나 설명하거나 누군가를 달랠 필요 없이 그냥 평온하게 있을 수 있었다. 좋아, 그렇다면 이제 정말 중요한 일에 전념해야겠군. 예를 들면 리나에게.

바로 그 순간 벤이 출발했다. 첫 번째로는 모리스가 내밀고 있는 손을 치고 그다음에는 레오의 손을 치더니, 세 번째로 릴리의 손을 쳤다. 역시 내 짐작이 맞았군! 셋 중 마지막인 릴리는 이제 이미 몸을 돌려 우리에게 돌아오는 벤을 잡아야 한다. 우리 줄에 다시 돌아와서 제자리에 서기 전에 릴리에게 잡히면 벤은 상대 팀으로 가야 한다. 하지만 나는 벤이 제자리로 돌아오는 데 성공하지 **못한다**는 사실을 이미 알고 있었다. 외츠칸 선생님과는 달리 나는 이 게임에서 무엇이 공동체 의식을 정말로 강화하는지 확실하게 알았으니까.

이제 내 차례였다! 나는 출발한 후에 두 명의 손을 닥치는 대로 쳤다. 아마 스베냐와 톰의 손이었을 것이다. 하지만 세 번째 손은 내내 눈여겨보고 있었고, 이제 그 손이 눈앞으로 다가왔다. 나는 리나의 손을 부드럽게 쳤다. 사실 쳤다기보다는 내 손을 리나의 손에 올려놓은 것에 더 가까웠고, 거기에 더해 깊고 의미심장한 눈길로 리나를 바라봤다. 그런 다음 몸을 돌려 우리 팀으로 달렸는데, 적어도 달팽이쯤은 나를 따라올 수 없을 정도로 '빨리' 달렸다. 내 계획이 이루어졌다. 리나가 나를 따라잡아 자기 팔로 나를 단단히 감은 것이다. 게다가 몸에 약간 힘을 주었으므로 잠깐 동안이긴 해도 내 몸에 딱 붙은 리나의 온몸을 직접 느낄 수 있었다. 나는 눈을 감은 채 리나의 꽃향기를 맡았다. 우아! 나는 그 자리에 그냥 멈춰 섰다. 가장자리에서 고함과 비웃음 소리가 점점 더 커졌지만 리나에게서 도망칠 생각은 전혀 하지 않았다. 리나가 나를 놓아주고 윙크를 하자, 나는 말 잘 듣는 강아지처럼 리나의 뒤를 따라 터덜터덜 그 편으로 갔다. 잠시 후에 리나가 로빈에게 세 번째로 손뼉을 쳤고 내가 그랬듯 로빈에게 잡혔지만 나는 그 사실을 무시했다. 그건 그저 우연이었을 뿐이고 나랑 리나는 뭔가 특별했으니까.

이날이 이제 이보다 더 훌륭해질 수는 없다고 생각했다. 하지만 훌륭한 점은 사람들이 떠나고 파티가 끝나 갈 때 최고조에 달했다. 남은 그릴 소시지를 내가 캔에 넣고 있을 때 뒤에서 로빈의 부모님이 말하는 소리가 들렸다.

"다시 뵙게 되어 반가웠어요. 조만간 또 만나면 좋겠군요."

천천히 몸을 돌린 나는 놀라서 숨을 헐떡였다. 로빈 부모님이 우리 가족에게 한 말이었다!

하지만 홀거 삼촌이 무척 씁쓸한 미소를 짓는 걸 보니 삼촌은 전혀 놀라지 않은 모양이었다.

반쪽짜리 우승

많은 동물이 청결에 큰 가치를 둔다.
돼지의 경우 공간이 넉넉하면 집을 세 영역,
즉 '먹는 곳'과 '자는 곳'과 '화장실'로 나눈다.
침팬지가 잠자는 장소는 우리 인간보다
더 위생적이라는 사실이 밝혀졌다.
우리 침대가 피부와 장, 입속의 많은 박테리아로 넘쳐 나는 반면,
침팬지가 자는 장소는 그렇지 않다. 하지만 침팬지에게는 비결이 있다.
이들은 매일 밤 새로운 보금자리에서 잔다.
지저분해지면 청소를 하는 게 아니라 그냥 이사를 가는 것이다.

나는 크고, 강하고, 준비가 되어 있다! 다 내 손에 달려 있으니 도구를 이리 줘. 안팎이 모두 반짝반짝 빛나고, 다 닦이고, 정리될 테니까!

하지만 로빈이 꺼내는 물품들을 보고 살짝 당황했다. 로빈은 닳고 닳은 밀수업자처럼 별로 깊지도 않은 가방에서 새 봉지와

튜브를 끝도 없이 꺼냈다. 빗자루와 쓰레받기, 쓰레기봉투, 일회용 장갑, 키친타월, 고양이 모래……. **고양이 모래?**

"토사물을 없애는 가장 좋은 방법이야."

내 시선을 눈치 챈 로빈이 설명했다.

"모래를 토사물 위에 조금 부으면 다 쓸어 내고 문제없이 청소할 수 있어. 그리고 냄새도 모래에 묻혀 사라지고 말이야."

도대체 누가 언제부터 우리 교실에서 토하지? 혹시 내가 뭔가 놓쳤나?

"이건 뭐야?"

당황한 나는 고슴도치랑 얼핏 닮은 물건을 가리켰다.

"구둣솔이야!"

로빈은 거친 털을 사랑스럽게 쓰다듬으며 대답했다.

"예방이 최고잖아. 무슨 말인지 알아? 교실에 들어오기 전에 모두 신발을 깨끗하게 닦는다면 나중에 할 일이 별로 없잖아!"

그래, 예방. 나도 알아.

"자, 어디부터 시작할까?"

나는 일할 의욕에 부풀어 소매를 걷어 올렸다. 오늘이 제일 중요하다. 내일 심사 위원회가 날카로운 시선으로 교실을 돌며 1등인 반을 정하게 된다. 그래서 로빈은 오전에 외츠칸 선생님에게 '마지막 윤내기'를 해야 하니 오후에 다시 한번 교실로 들어갈 수 있게 해 달라고 부탁했다. 얼마나 현명한 행동인지! 내일은 당연히 목록에서 1등을 한 사람도 정해진다. 나도 모르게 웃음이 히죽 새어 나왔다. 오늘 아침에 목록을 들여다본 나는 적힌 내용은 몇 페이지나 되지만 로빈을 이길 아이는 한 명도 없다는 사실을 바로 알아챘다.

이제 마지막 세부 손질이 중요하다. 나는 교실을 훑어봤다. 우리가 몇 주나 애를 썼지만 결과물은 아직 그다지 만족스럽지 않았다. 하지만 뭐, 그래서 지금 우리가 여기 온 거니까.

"내 생각에, 너는 책상을 맡아 주면 좋겠어."

로빈이 내 질문에 대답했다.

"책상?"

나는 어리둥절해서 머리를 긁적였다. 평소와 달리 잘 정리되어 있는데 왜 그러지?

"응, 진짜 끔찍한 상태잖아!"

로빈은 여러 곳의 낙서('일어서는 데 반대한다!')와 끈적끈적한 자국을 가리켰는데, 나는 거기 도대체 뭐가 붙어 있는지 전혀 알고 싶지 않았다. 로빈은 무릎을 꿇고 책상 아래를 들여다봤다.

"그리고 여기에는 껌이 잔뜩 붙어 있어!"

껌이라니? 오래되고 침이 잔뜩 묻은, 잇자국으로 가득한 하얀 덩어리를 나더러 떼어 내라고? 내가 뭐 화석 수집가인가?

"책상 아래는 아무도 안 봐."

나는 소심하게 항의하다가 로빈의 죽일 듯한 눈빛을 마주하고는 곧장 입을 다물었다.

잠시 후 책상 밑에 쪼그리고 앉아 헛구역질을 하며 첫 번째 껌을 노려봤다. 죽음을 불사하는 심정으로 로빈의 냉각 스프레이를 뿌리자 하얀 안개가 껌을 완전히 뒤덮었다. 돌처럼 딱딱해진 그 덩어리를 인덕션 청소용 스크레이퍼로 가차 없이 긁어 대니 덩어리는 금방 항복하고 딸깍, 소리를 요란하게 내며 바닥으로 떨어졌다.

"아직 찌꺼기가 좀 붙어 있다."

내 말이 미처 끝나기도 전에 로빈은 믿음직한 수술실 간호사처럼 다음 도구를 내밀었다. 나는 로빈이 건네준 지우개로 눈에 띄는 마지막 흔적을 지웠다.

이제 제대로 시동이 걸렸다. 매니큐어 제거제를 사용하자 낙서는 이 세상이 아니라 다른 세상에서나 통할 것 같은 내용으로 변했고, 끈적거리던 자리는 고성능 헤어드라이어의 열기 덕분에 녹아서 걸레로 간단하게 닦아 낼 수 있었다. 기분이 좋아지네! 책상들이 반짝거리며 빛을 내니 내 내면의 지저분한 자리도 사라지는 듯한 느낌이 들었다. 나는 깨끗해지고 반듯하고 아름다워질 거야. 어둡고 지저분한 것, 나 자신 또는 타인에게 방해가 될 만한 것은 하나도 남지 않겠지.

드디어 무척이나 자랑스러운 마음으로 자리에서 일어났다. 이제 책상들은 신제품으로 팔아도 될 정도였다. 그사이 로빈도 일을 아주 많이 했다. 그건 인정할 수밖에 없었다. 교실 전체에 쓰레기라고는 하나도 없었고, 세월의 흐름과 함께 아주 작은 틈새로 들어갔던 종잇조각들도 모두 사라졌다! 벽에는 정확하게 똑같은 크기의 풍경화 세 장이 걸려 있고, 바닥은 왁스칠을 끝냈고, 창턱도 닦여 있고, 화분 잎사귀들의 먼지도 사라졌다. 잎사귀들은 이제 초록색이었다! 사물함의 노트 더미들은 로빈이 모서리를 수평기로 맞추기라도 한 것처럼 깔끔했다. 로빈은 폴라로이드 카메라로 사물함 사진을 찍었다!

"사진은 왜 찍어?"

"다른 아이들이 정리할 때 도움이 될 거야."

로빈은 사진을 말리느라 이리저리 흔들면서 대답하고는 사물함 옆의 벽에 사진을 붙였다.

"그러면 아이들이 뒤죽박죽 헝클어뜨리지 않고도 모든 게 완벽하게 제자리를 찾아갈 테지."

완벽하다. 바로 그거야! 목록에서 누가 1등을 할지는 이미 확실했다! 나는 땀이 흥건한 이마를 닦고 로빈에게 미소를 지었다. 행복하고 고마운 마음으로.

다음 날 아침, 그들은 진지하고 엄숙한 표정으로 무장한 채 분열 행진하는 군대처럼 교실로 들어왔다. 하지만 그들이 입은 제복은 도무지 설득력이 없었다. 학교 관리인 샬루페 아저씨가 불룩 나온 배에 걸친 윗옷 아래로 러닝셔츠가 쌀짝 보였다. 그런데 이분이 왜 심사 위원회에 끼어 있을까? 학교 비서와 몇몇 선생님, 그리고 교장 선생님도 심사 위원회에 포함됐다. 교장 선생님은 퇴직자들이 입을 법한 지루한 옷차림을 항상 새빨간 스니커즈로 보완하려고 애썼다.

심사위원들이 그림들로 장식된 벽과 바닥(샬루페 아저씨는 손가락으로 바닥을 쓸어 보기까지 했다!), 교실 화분들과 사물함을 자세히 살펴보는 동안 반 전체가 숨을 죽였다. 교장 선생님이 정말로 책상 아래를 들여다봤을 때 내 승리는 완벽해졌다! 한눈에 보기에도 감탄한 표정으로 다시 일어나서 다른 심사위원들에게 고개를 끄덕였기 때문이다. 심사위원들은 모두 구석으로 가서 속닥속닥 상의했다.

결과는 금방 나왔다.

"여러분과 여러분의 학급이 우리를 완벽하게 설득했다고 말할 수 있어서 기쁩니다!"

교장 선생님은 여기에서 극적으로 말을 끊었는데, 아마도 우리에게 환호성을 지를 기회를 주려는 것 같았다. 하지만 그런 기미가 전혀 보이지 않자 눈에 띄게 당황하며 더 확실하게 말했다.

“자, 그러니까 여러분이 올해 ‘가장 정리가 잘된 교실’ 대회에서 1등을 했다는 뜻이에요!”

교실은 여전히 고요했다.

“그래서 이 상품을 받게 됩니다!”

절망한 교장 선생님이 노트와 종이 뭉치를 다급하게 들어 올렸다.

외츠칸 선생님이 경고하듯 우리를 노려보며 박수를 치기 시작했다. 우리는 선생님에게 순종하는 마음으로 박수를 쳤고, 몇몇은 “브라보!”라고 외치기까지 했다. 담임 선생님 기분을 망치고 싶지 않았기 때문이다. 선생님은 이제 곧 목록에서 누가 1등인지 발표할 예정이니까.

심사위원들이 영국 왕실처럼 위엄 있게 손을 흔들며 사라지자 드디어 때가 됐다. 외츠칸 선생님이 목록을 들었다. 그러고 교탁으로 살짝 몸을 숙이고는 꽤 부피가 큰 종이 더미를 넘기며 혼잣말로 뭔가 중얼거렸다. 나는 흥분해서 책상을 꽉 움켜쥐었다.

선생님이 다시 몸을 똑바로 세우고 안경 너머로 우리를 빤히 봤다.

"너희가 뭔가 좀 오해한 것 같구나."

선생님이 신중하게 말하고는 안경을 벗고 생각에 잠긴 표정으로 안경다리를 씹었다.

"목록에서 1등이란 가장 많이 이름을 적은 사람이 아니라 '**가장 뜻깊은 일을 한 사람**'이라는 뜻이야."

나는 긴장을 풀고 몸을 뒤로 기대면서 꽉 잡고 있던 책상을 다시 놓아줬다. 그래, 내 생각도 바로 그거야.

"예를 들면 벤은."

선생님은 안경다리 씹던 일을 멈추고 다시 안경알 너머로 우리를 엄한 표정으로 바라봤다.

"목록에 적은 것을 보면 너는 지난 2주 동안 유리창을 열세 번 닦았다. 하루에도 여러 번 닦았다는 뜻이지. 언젠가는……."

그러고 목록을 들여다보며 말했다.

"하루에 세 번 닦은 적도 있구나."

보통 이럴 때 우리 반 친구들이 보이는 자연스러운 반응은 경멸하는 비웃음이었지만 지금은 충격이 너무 컸다. 다른 경우도 모두 똑같았기 때문이다.

"샤힌은 쓰레기통을 스물두 번 비웠구나."

외츠칸 선생님이 고개를 들고 깔보는 말투로 덧붙였다.

"시립 쓰레기 하치장이 이런 엄청난 양을 잘 처리할 수 있었기를 바란다. 그리고 리나는 스마트보드를 서른 번 지웠어. 그러니 거기 적혀 있던 숙제를 너희 대부분이 미처 못 봐서 해 올 수 없었다는 것도 이상하지는 않구나."

선생님은 교탁에 무겁게 몸을 기대고 안타깝다는 듯이 고개를 저었다.

"얘들아, 유감스럽게도 여기서 정리의 뜻을 제대로 알고 조직 능력을 보인 학생은 한 명뿐이다. 그건 바로 로빈이야."

선생님은 왁자지껄해지는 소동을 못 들은 척하고 교탁에 놓여 있던 입장권 두 장을 들고는 빠른 걸음으로 로빈에게 다가가서 건넸다.

"로빈, 잘했다. 그것도 아주 잘했어. 다른 상품도 당연히 가져가도 돼."

선생님은 미안하다는 듯한 말투로 덧붙이며, 교장 선생님이 두고 갔지만 아직 아무도 손대지 않아 구슬픈 존재로 남아 있는 노트 더미를 가리켰다.

소동이 서서히 가라앉으면서 속상해서 투덜거리는 소리로 바뀌었다. 리나가 벌떡 일어나 로빈에게 다가가 포옹하며 속삭였다.

"진심으로 축하해."

하지만 나는 바로 달려가서 둘을 떼어 놓고 로빈의 손에서 입장권을 낚아챘다.

"아니, 그렇게는 안 돼!"

내 베프가 소리쳤다.

뭐라고? 그렇게는 안 된다니?! 나는 로빈을 빤히 노려봤다.

"하지만 우리 그렇게 하기로 했잖아. 나는 입장권을 받고 너는……."

나는 망연자실한 채 교장 선생님이 두고 간 상서로운 상품을 다시 바라봤다. 리나는 허리에 손을 올리고서 나와 로빈을 번갈아 쳐다봤다.

"그걸 말하는 게 아니야."

로빈이 다급하게 손을 내저었다.

"입장권은 신경도 안 써. 너 가져."

리나가 나에게 돌아서더니 매력을 발산하는 미소를 지었다.

"그럼 뭐가 문제야?"

로빈은 갑자기 기이할 만큼 땀을 흘렸고, 무척 창백해 보였다.

"우린 아직 끝난 게 아니야. 카를리, 무슨 말인지 알아? 할 일이 아직도 많고, 모든 게 다시 더러워지고……."

로빈은 입을 다물고 애원하듯 나를 바라봤다.

아마 조금 힘이 들었던 모양이구나. 나는 양심의 가책에 휩싸였다. 그래서 안심시키듯 한 손을 로빈의 어깨에 올리고 말했다.

"야, 긴장 풀어! 다 잘됐잖아. 우리 반이 1등을 했고, 또 네가 목록에서 1등 상을 받았어! 뭘 더 바라? 모든 게 깨끗하잖아!"

나는 조금 전에 실수로 떨어뜨린 사과 씨 부분을 발로 슬쩍 옆으로 밀었다.

"하지만 아직 끝나지 않았어."

로빈이 다시 속삭이며 내 팔을 꽉 잡았다. 땀으로 푹 젖은 머리카락이 로빈의 이마에 붙어 있었다.

"자, 이제 조용히 해라. 오늘도 수업을 해야 하니까."

바로 그 순간 선생님이 소리치며 교탁을 두어 번 크게 두드렸다.

"어디까지 했지? 리나, 네가 말해 줄……."

로빈이 갑자기 머리를 책상에 세게 부딪치는 바람에 요란한 소리가 났다. 그러더니 어깨를 세차게 떨기 시작했다. 나는 당황해서 로빈에게 몸을 숙였다. 말도 안 돼!

"로빈, 너 혹시 울어?"

로빈은 아무 대꾸도 없이 그저 어깨만 계속 떨었다. 한 팔을 그 어깨에 얹은 나는 긴장한 떨림과 축축한 열기를 느꼈다. 크고 어두운 뭔가도 거기 있었다. 그게 뭔지 짐작은 가는데 미끄러운 비누처럼 손에 잡히지는 않았다. 불현듯 나는 감정의 대가

인 요나가 곁에 있으면 좋겠다고 느꼈다. 지금 무슨 일이 일어났는지 요나라면 틀림없이 알 텐데.

하지만 요나는 여기 없었다.

다 괜찮아질 거야

동물이 특정한 상황에 오랫동안 노출되면
행동 변화에 큰 영향을 미친다.
개의 경우 정상 범위를 넘어 불안 증세를 보이곤 하는데
식욕 부진과 수면 장애, 강박적인 흔적 숨기기가 동반된다.
장애가 오래 지속되면 몸 속 장기가 병들기도 한다.

내 오른쪽 팔이 떨어지고 없는 느낌이다. 그쪽이 텅 빈 것 같다. 옆쪽 의자는 돌아보고 싶지도 않다. 벌써 일주일째 비어 있는 로빈의 자리다.

로빈은 이렇게 오랫동안 학교에 오지 않았다! 로빈이 아팠던 적이 있던가, 기억나지 않는다. 늘 반대였다. 나는 축 늘어진 채

얼굴이 새빨개져서 침대에 누워 있고, 로빈은 내가 놓친 수업 내용을 알려주려고 필사적으로 애썼다. 아, 이제 생각나는데 재작년 겨울에 한 번은 로빈이 독감 유행에 휩쓸린 적이 있다. 고열에 시달리면서도 로빈은 하루에 몇 번씩 핸드폰으로 나에게 문자를 보냈다.

✉ 뭐 배웠어?

✉ 생물 시험은 언제 봐?

✉ 내 학습지도 챙겨 줄래?

그런데 지금은 아무 말도 없다. 질문도 없고, 그 무엇도 없다. 나는 몇 번이나 전화를 걸어 봤지만 로빈의 핸드폰은 꺼져 있었다. 꺼져 있다! 일주일째! 완전히 무방비상태인 내 오른쪽이 다시 차가워졌다.

이런 식으로 계속 견딜 수는 없는 노릇이었다. 수업 종이 울리자마자 나는 노트를 가방에 쑤셔 넣고 바깥으로 튀어 나갔다. 가면서 아빠에게 오늘 좀 늦겠다는 문자를 보내고 달리기 시작했다. 불현듯 내가 뭔가 놓쳤다는 느낌, 이미 너무 많은 시간을 잃어버렸다는 느낌이 들었다.

숨을 헉헉거리며 로빈의 집 앞에 도착해서 초인종을 눌렀다.

빠른 발소리가 들리더니 로빈의 엄마가 문을 열었다. 아줌마가 이 시간에 왜 집에 계실까?

"안녕, 카를리."

아줌마가 친근하게 인사했지만 눈에 띄게 피곤해 보였다. 게다가 평소와 달리 차림새도 완벽하지 않았다. 어쨌든 블라우스 끝자락이 치마 허리 바깥으로 늘어져 있는 모습은 낯설다.

"로빈을 만나러 왔어요."

로빈 엄마는 잠깐 망설이다가 문을 활짝 열었다.

"싹싹하기도 하지. 로빈이 틀림없이 기뻐할 거야."

"로빈은 어디가 아파요?"

아줌마는 내가 벗은 재킷을 받아서 옷걸이에 걸었다.

"아, 별일 아니야. 아마 뭔가에 감염됐나 봐. 좀 쉬고, 차와 건강식을 먹으면 금방 나을 거야."

"엄마, 숙제 도와주실래요?"

어린 넬레가 뒤에서 부르는 소리가 들렸다. 아줌마는 나에게 다시 한번 미소 짓고 한숨을 쉬며 어깨를 으쓱하고는 거실로 갔다.

나는 로빈 방문을 노크했다. 아무 소리도 들리지 않았다. 그래서 조용히 문을 연 다음 일단 머리만 집어넣고, 뒤이어 나머지 몸도 넣었다.

눈앞에 펼쳐진 광경에 나는 깜짝 놀랐다. 아니, 사실은 놀라지 않았다. 로빈이 헝클어진 머리에 세수도 하지 않고 구겨진 침대에 있었기 때문……이 아니었다. 그랬더라면 정말 평소와는 다른 광경이었을 것이다. 그러니 아픈데도 완벽한 옷차림으로 있는 모습이 오히려 더 평범해 보였다.

로빈의 방이 갑자기 그림이나 사진처럼 보이면서 다음과 같은 사실이 내 눈에 띄었다.

- 침대에 새 침대 덮개가 덮여 있음.
- 분홍과 진초록 쿠션들이 뾰족한 쪽을 위로 하여 번갈아 가며 줄지어 놓여 있음.
- 책장의 책들은 정확하게 크기별로 정리되어 있음.
- 책상에 연필들이 정확하게 똑같은 간격으로 놓여 있음.

이 방에는 비뚤어진 선이라고는 전혀 없이 그저 평행선과 직각만 있는 것 같았다.

로빈의 방에 몇 년 동안이나 드나들었으면서도 마치 이곳에 처음 온 듯한 느낌이었다. 로빈이 얼마 전에 이 방을 새로 꾸몄다는 사실과는 관계가 없었다. 아니, 그것보다 이 방은 뭔가 말을 하고 있고 언제나 이야기했는데 내가 귀를 기울이지 않았다.

갑자기 이곳이 전쟁터처럼 느껴졌다. 이 전쟁터의 무기는 질서였다. 뽑아 든 칼처럼 날카롭고 사람을 해치기 쉬운 무기.

"야, 로빈. 도대체 무슨 일이야?"

나는 성큼성큼 걸어 로빈에게 가다가 실수로 작은 탁자에 부딪혔다. 접시에 피라미드처럼 쌓여 있던 사과들이 무너졌다.

"조심해!"

로빈이 너무나 신경질적으로 비명을 지르는 바람에 나는 되도록 빨리 돌아서서 바닥에 굴러떨어진 사과 두 알을 집어 접시에 놓인 사과들 위에 쌓았다.

"아니, 그렇게 하면 안 돼!"

로빈이 떨리는 목소리로 소리치고는 사과를 들고 마치 컵 쌓기 게임이라도 하는 것처럼 조심조심 다시 쌓았다. 그러고는 피라미드가 드디어 원래 모습을 되찾자 다시 자리에 앉았다. 나도 천천히 조심스럽게 로빈 옆의 침대에 앉았는데, 뭔가 계속 망칠까 봐 갑자기 불안해졌다. 로빈은 그저 앞만 빤히 노려볼 뿐 아무 말도 하지 않았다.

나는 로빈에게 바짝 붙어 앉았지만 너무 멀리 있는 느낌이었다. 뭔가 우리 사이를 갈라놓고 있는데 나는 연결점을 찾지 못했다. 내가 그 애에게 갈 수 있는 다리가 없었다. 아무리 심하게 흔들리는 다리더라도 괜찮을 텐데. 우리는 아주 오랫동안 알고 지낸 사이라서 형제나 마찬가지였다. 혹시 우리가 함께한 추억이 도움이 되지 않을까.

"야, 내가 유치원 마지막 해에 돋보기로 잎사귀에 불을 붙이려다가 정말로 불이 붙었던 일 생각나? 네가 불을 끄려고 모래놀이 양동이를 들고 바로 연못으로 달려가서 물을 길어 왔잖아. 그런데 연기가 나는 바닥에서 금붕어 한 마리가 버둥거리고 있었어! 하하!"

반응이 없었다. 로빈은 입꼬리조차 움찔하지 않았다.

"플뢰너 호수로 자연 캠프 갔던 일 기억해? 샤힌과 벤과 내가 캄캄한 밤에 남몰래 노 젓는 배를 타고 다시 나가려고 했잖아. 엄청난 생각이었지! 얼마 지나지 않아 우리는 거기가 어딘지, 어디로 돌아가야 할지 몰랐어! 네가 손전등을 반짝이며 호숫가에 서 있지 않았더라면 우리는 지금도 거기서 뱅뱅 돌고 있을 거야! 하하!"

반응이 없었다. 로빈은 오히려 자기 내면으로 더욱 깊게 파고들어갔다.

"아니면 스키 타러 갔을 때 외츠칸 선생님이 안 보는 사이에 내가 눈 미끄럼틀을 꼭 타려고 했던 거 기억나? 심하게 눕는 바람에 나는 거의 다시 일어설 수 없었지. 외츠칸 선생님이 나를 집으로 보내 버리지 않도록 네가 얼른 달려와서 나를 다시 스키에 세우고는 내 팔짱을 끼고 산장으로 끌고 갔잖아. 하하!"

원래 나는 로빈에게 용기를 주고, 내가 의연하게 한결같이 자기 옆에 있었다는 사실을 일깨워 주려고 했다. 하지만 우리가 함께한 추억은 모두 '로빈'이 '나'를 위해 뭔가를 했다는 이야기로 끝났다. 이번에는 내가 내면으로 깊게 파고 들어가 쭈그려 앉았다.

"말해 봐. 도대체 무슨 일이야?"

잠시 후에 내가 속삭였다.

"나도 몰라."

로빈이 속상한 얼굴로 대답하고 양손으로 얼굴을 쓸었다.

"요즘 계속 어지러웠고, 가끔은 걷지도 못할 지경이었어. 두통도 잦았지."

로빈은 자기 말을 강조하려는 듯 나직하게 한숨을 내쉬었다.

좋아, 두통과 어지럼증. 그건 치료할 수 있는 거잖아.

"물을 좀 더 마셔 봐."

이렇게 충고하던 나는 내가 아빠와 외츠칸 선생님과 로빈의 엄마를 합친 것처럼 들린다는 사실을 곧장 깨달았다. 로빈 엄마가 또 뭐라고 했더라?

"아니면 뭔가에 감염됐는지도 모르지."

나는 잘 아는 척하며 덧붙였다.

로빈이 망설이다가 고개를 끄덕였다.

"응, 우리 엄마도 그렇게 말하더라. 혹시 그런지도 몰라."

바보 같은 속담이 또 떠오르지 않을까? 좋아, 생각났어.

"감기는 병원에 안 가면 칠 일, 병원에 가면 일주일 걸린대. 그러니 너도 이제 곧 나을 거야. 하하!"

문이 열리더니 로빈의 엄마가 들어왔다.

"카를리, 로빈은 이제 쉬어야 할 것 같구나. 금방 다시 학교에 갈 수 있게 말이야."

아줌마와 나는 마주 봤다. 우리 둘 다 그 말을 믿지 않는 것 같았다. 하지만 그렇게 믿고 싶었다. 그래서 이렇게 대답했다.

"네. 그러면 정말 좋겠어요. 그런데 로빈은 여전히 어지럽고 두통도 있대요. 하지만 아줌마도 이미 알고 계시겠지요."

아줌마는 고맙다는 표정으로 얼른 내 말을 받았다.

"그럼, 알지. 병원에 가 보았단다. 신경과에 갔는데, 의사 선생님이 꼼꼼하게 진찰했어."

아, 다행이다. 나는 로빈이 병원에 다녀왔다는 소식에 마음이 놓였다.

"병원에서 뭐라고 했어요?"

그래서 목소리에 묻어나는 희망의 불씨를 감추지 못하고 물었다.

"의사 선생님 말로는 완벽하게 정상이래."

아줌마가 확신에 찬 미소를 지었다.

"걱정할 필요가 없어. 아마 호르몬 변화 때문이겠지. 사춘기에는 드문 일이 아니야. 이때는 온갖 것이 뒤죽박죽되니까."

나는 감사한 마음으로 고개를 끄덕였다. 그래, 사춘기라서 그러는 게 틀림없어. 여드름, 공황 상태, 싸움질……. 사춘기는 늘 모든 것에 책임이 있지. 어쩌면 지진과 가스 폭발, 물방울이 똑똑 떨어지는 수도꼭지도 사춘기 때문일 거야.

어쨌든 로빈의 엄마와 나는 한마음이었다. 다 괜찮아질 거야. 로빈이 그런 말을 한마디도 안 하기는 했지만, 얘는 아프니까. 그럼 이제 쉬라고 해야겠다. 나는 얼른 일어나서 두 사람에게 작별 인사를 했다. 문간에서 다시 멈춰 서서 몸을 돌려 나랑 가장 친한 친구를 마지막으로 한 번 더 봤다. 로빈을 정말 자세히 보려고 애썼다. 로빈은 눈 밑에 검은 그늘이 드리운 창백한 얼굴로 분홍과 진초록 한복판에 쪼그리고 앉아 있었다.

나는 계단을 미처 다 내려오기도 전에 핸드폰을 꺼내 문자를 보냈다. 진동과 번쩍이는 불빛이 금방 눈에 띄어서 문자가 바로 읽히기를 바랐다.

✉ 도와줘!

멋진 녀석들

동물의 왕국에서 볼 만한 싸움 중 하나는
몇 시간이나 지속되는 사슴벌레들의 씨름이다.
수컷 두 마리가 암컷을 찾아다니다가 만나면
무시무시한 집게를 포함해 온몸을 위협하듯 일으켜 세운다.
그러고는 중세 기사들의 결투처럼 온 힘을 다해
서로에게 달려들어 집게 싸움을 한다.
먼저 균형을 잃은 쪽은 바로 밀려난다.

나는 나중에 작가가 되어야 할 것 같다. 내 생각에, 쓰기는 도움이 된다. 모든 것을 제출하고, 정리하고, 설명할 수 있다는 느낌을 준다. 내 손가락이 핸드폰 자판을 날아다니자 내용은 점점 더 길어졌다. 요나에게 아주 자세히 설명하고 싶었다. 요나는 모든 것을 알아야 한다. 이유는 모르겠지만 나는 요나가 사물을 보는 관점이 도움이 될 거라고 생각했다. 나 혼자서는 이제 어떻게 할 수 없었다. 나중에 시간을 너무 많이 허비하거나 제대로 된 단어를 너무 오랫동안 찾는 일이 없도록 요나를 위해 일단 모든 것을 글로 썼다.

저장, 완료. 시계를 봤다. 이제 얼른 베토벤 학교로 가야 한다. 도와 달라는 내 문자에 요나가 거기로 오라고 답장을 보내왔기 때문이다. 아주 짤막한 답장이었는데, 분명히 별로 달갑지 않은 모양이었다. 나는 한숨을 내쉬었다. 아마도 여전히 화가 나서 아무렇지도 않은 척 넘어가지 않을 작정인 듯했다. 그러거나 말거나 나는 해내야 한다. 게다가 지난번에 만난 이후로 나는 아주 미세하지만 무척 집요한 느낌을 떨쳐낼 수 없었다. 어쩌면 요나 말이 옳을지도 모른다는 느낌이었다. 어쨌든 적어도 조금은.

학교 앞에 도착해서 긴장한 채 교문을 살펴봤다. 놀랍게도 내 배 속에서 흥분이 느껴진다는 걸 깨달았지만, 지금까지 겪은 일들로 보면 놀랄 일도 아니었다. 내 베프 로빈이 좀 이상했고, 나는 지금 바로 그 일 때문에 여기 온 거니까. 오로지 로빈 때문에.

몇 분 후에 요나가 서로 웃으며 수어를 나누는 남자와 여자 친구 들에게 에워싸여 건물에서 나왔다. 멀리서 보니 마치 손가락 발레처럼 보였다. 손가락들이 우아하고 가볍게 허공을 떠다녔다. 나는 불현듯 서툴고 거칠어 보이는 내 손가락을 어색하게 주머니에 찔러 넣었다. 내가 여기 있다고 어떻게 알려야 할지 모르겠네. 부르는 건 소용이 없잖아. 뭔가 할 능력이 없는 사람은 갑자기 '나'인 듯했다. 아무도 내 말을 듣지 못한다면 언어가 무슨 소용이 있지? 나는 이런 종류의 말하기에서는 소외되어 있구나.

다들 차례로 작별 인사를 하고 헤어지는 모습을 살짝 언짢은 마음으로 지켜봤다. 남자아이 한 명만 끈질기게 요나 곁에 서서 손짓을 하며 고개를 끄덕이고 웃었다. 서두르는 기색이라고는 전혀 없었다. 요나는 그 아이만 쳐다볼 뿐, 내 쪽으로는 단 한 번도 고개를 돌리지 않았다.

나는 그놈이 싫었다.

한참 시간이 흐른 뒤에야 몸을 돌린 요나가 당연하다는 듯이 내 쪽으로 오는 모습을 보고서야 나는 요나가 이미 나를 봤다는 사실을 깨달았다. 요나는 손을 아래로 가만히 내린 채, 할 말이 있으면 하라는 듯이 내 앞에 서 있었다. 위로 올라간 눈썹만 대화를 맡았다.

나는 당황해서 히죽 웃고는 그 웃음이 너무 멍청하지 않았기를 바랐다. 그리고 오랫동안 다듬은 긴 문장들이 쓰여 있는 핸드폰을 내밀었다. 요나는 잠깐 들여다보더니 크게 소리 내어 한숨을 쉬고 낮은 담으로 가서 거기 올라앉았다. 그러더니 집중해서 천천히 읽기 시작했다.

나는 괜히 손가락을 주무르며 나무를 쳐다봤다. 작은 나뭇가지를 주둥이에 물고 있는 새가 날아왔다. 갈라진 나뭇가지 위에 다른 나뭇가지들을 몇 개 쌓았는데, 둥지를 만드는 듯했다. 다른 새가 또 날아왔는데, 그 새도 주둥이에 이끼 같은 것을 물고 있었다. 새 두 마리는 서둘러 그걸 정리한 후에 다른 것을 찾으려고 또 날아갔다.

새 한 쌍은 둥지를 짓고, 알을 낳고, 새끼들을 얻어 그들이 날 수 있을 때까지 먹이를 먹일 것이다. 새끼들이 독립해 둥지를 짓고, 알을 낳고, 새끼들을 얻고…… 이런 식으로 계속되겠지. 하지만 그렇지 않다면 어떻게 될까? 새끼 중 한 마리가 원래 해야 할 일과 다른 행동을 한다면? 일반적인 질서를 어긴다면? 그럴 때는 새로운 질서가 만들어지나? 아니면 모든 것은 다 지나가고 영원히 사라지고 말까?

내 손톱 옆으로 작은 피부 조각들이 뜯겨 일어났다. 드디어 읽기를 끝낸 요나가 이마를 찌푸리며 핸드폰을 나에게 돌려줬다. 그러고는 벌떡 일어나더니 그 녀석에게 달려갔다. 그 녀석이 가면서 몇 번이고 우리를 돌아보는 모습을 나도 신경 쓰고 있었다. 지금 뭐 하자는 거야? 요나는 잠시라도 나와 내 문제에 집중할 수 없나?

둘은 다시 손을 휘저으며 대화를 시작했는데, 요나는 무척 흥분한 것 같았다. 그러다가 그 아이 손을 잡아끌고 나에게 곧장 왔다. 바로 앞에 와서 선 그 아이는 싸늘한 눈빛으로 나를 바라봤다. 이 멍청한 놈은 상당히 미남이었다. 인정할 수밖에 없었다. 키도 크고 덩치도 좋고 등등. 얘는 틀림없이 페르디 한두 올 정도가 아니라 이미 상당한 양의 뻣뻣한 그루터기를 면도기로 막아 내야 하겠군. 게다가 반짝이는 새파란 눈동자는 누구나 좋아할 것 같았다. 아, 진짜 짜증 나는 놈이네.

나는 핸드폰을 바지 주머니에 넣고 시위하듯 자리에서 일어났다. 하지만 요나가 내 소매를 움켜쥐고는 다시 앉으라고 다급하게 손짓했다. 그러고는 자기 핸드폰을 꺼냈다.

✉ 기다려! 알렉스가 너에게 할 말이 있대.

그럴 리가.

내 생각에 알렉스라는 아이는 여전히 지독하게 경멸하는 눈빛으로 나를 봤다. 그러더니 핸드폰에 뭔가를 입력하고서 나에게 내밀었다.

✉ 우리 누나가 예전에 불안 장애를 겪은 적이 있어.

나는 어리둥절한 얼굴로 액정을 빤히 보다가 어깨를 으쓱했다. 뭐, 그러거나 말거나. 그게 나랑 로빈과 무슨 관계가 있다는 거야? 이 녀석이 도대체 웬 참견이지? 나는 비난하는 눈길로 요나를 쏘아봤다. 이렇게 오랜 시간이 지난 후에 처음으로 다시 만나면서 다른 아이도 참가하는 대대적인 파티를 벌일 생각은 없었는데 말이야.

요나는 화가 나서 나를 노려봤다. 그래서 나는 어쩔 수 없이 대답을 입력했다.

✉ 그래서 뭐?

✉ 네 친구랑 아주 비슷했다고.

뭐? 무엇보다도 '장애'라는 단어는 로빈과 전혀 어울리지 않았다.

✉ 무슨 소리야?

✉ 처음에 우리 누나는 학교에 가지 못했어. 거기만 가면 어지러워하고 온몸을 떨었거든. 그러다가 상황이 점점 악화됐지. 나중에는 아무 데도 나가지 못했어. 집 바로 아래 자동차 진입로까지도 내려가지 못했지.

✉ 왜?

✉ 언제나, 어디서나 불안했으니까.

✉ 뭐가 불안해?

✉ 무엇보다도 자기에게 뭔가 나쁜 일이 일어나리라는 불안. 아프거나 가족을 잃어버리거나 뭐 그런 것.

✉ 하지만 그게 내 친구랑 무슨 상관이야? 로빈은 불안해하지 않아. 아주 평범하게 외출도 하고.

알렉스라는 아이가 말없이 나를 다시 한참이나 바라봤다. 요나가 끼어들더니, 걔한테 뭔가 특정한 말을 쓰라고 말하는 것 같았다.

✉ 로빈이 완전히 과장된, 이상한 행동이나 말을 해?

물론 로빈은 청소를 무척 자주 한다. 하지만 그게 '장애'는 아닐 텐데. 나는 내키지 않았지만 고개를 끄덕였다.

✉ 똑같은 행동을 자꾸 반복할 때가 많아? 아니면 절대로 못 봐주는 일이 있어?

로빈의 정리 강박과 모든 것이 직선인 방, 학급 대회가 끝나고 일어난 공황 상태를 떠올렸다. 하지만 누구에게나 독특한 버릇 하나쯤은 있지 않나?

나는 어깨를 으쓱했다.

✉ 상황이 나아지는 게 아니라 점점 나빠져?

그렇긴 하지. 하지만 그런 일은 자주 있잖아? 그러다가 좀 쉬고 나면 모든 게 다시 괜찮아지고 말이야.

나는 고집스럽게 앞만 노려봤다.

✉ 로빈은 육체적으로 건강한데도 정말 아프다고 느껴?

그렇지만 아주 작은 감염까지 증명할 수는 없잖아.

알렉스는 고개를 저으며 자기 핸드폰에 망치질하듯 문장을 입력했다.

✉ 그 아이는 내면의 소리를 들어?

이제 정말 질렸다. 나는 자리에서 일어났다. 이 알렉스라는 녀석은 도대체 무슨 말을 하고 싶은 거야? 나는 얼른 가려고 했지만 요나가 문장을 내밀었다.

✉ 마음이 병들 수 있다는 말, 들어 본 적 있어?

이제 나는 자제력을 잃고 완전히 폭발할 만큼 화가 났다.

"로빈이 돌았다는 소리야?"

나는 곧장 고함을 질렀지만 둘은 전혀 놀라지 않았다. 생각해 보면 둘은 소리를 들을 수 없으니 그게 당연했다. '나는 내 삶을 완전히 통제하고 있어'의 전형적인 본보기인 로빈이 하필 뭐 어떻다고? 나는 알렉스를 옆으로 막 밀치려고 했는데 그 아이는 어깨를 으쓱하고는 가려고 몸을 돌렸다. 너, 운 좋은 줄 알아라.

요나가 내 손을 잡고 자기 얼굴을 보라고 강요했다. 아주 진지하고 무척 걱정스러워하는 얼굴이었다.

✉ 카를리, 우리가 로빈을 찾아가야 해. 그것도 아주 빨리.

숨어 있는 괴물

매우 공격적인 코끼리, 무기력한 돼지, 강박 행동을 하는 원숭이…….
동물들도 우울증이나 병적인 불안 상태와 같은
심리적 장애에 시달리기도 한다.
대부분 오래 지속되는 스트레스나 심각한 충격 때문에 발생하는데,
인간의 책임인 경우가 많다.

나는 로빈을 평생 알고 지냈다. 로빈은 거의 13년째 내 친구다. 아빠의 수많은 사진 중 한 장을 통해, 나는 우리가 처음 함께 놀 때 벌거벗은 몸에 서로 휘핑크림을 발랐다는 사실을 알고 있다. 유치원에서 우리의 감각을 발달시키기 위해 진행한 놀이였는데, 교육학적으로 무척 중요한 일이었다. 하지만 휘핑크

림을 사용하든 사용하지 않든 우리가 서로 포옹한 적은 지금까지 한 번도 없었다. 그런데 지금 이런 일이 벌어지다니.

나는 로빈이 눈을 감은 채 요나의 품에 안겨 있는 모습을 당황스러운 마음으로 지켜봤다. 처음에 로빈은 요나가 만지니 깜짝 놀라 물러섰지만, 지금은 그 정도를 넘어서 요나가 자기를 아기처럼 왔다 갔다 흔들게 내버려 두고 있었다. 무척 오랜만에 긴장이 조금 풀린 듯했다.

지금이 문제를 철저하게 파헤칠 적기였다. 우리는 바로 그 이유로 이곳에 왔다.

"으음, 로빈. 너 혹시 불안해?"

나는 이런 상황이 불편해서 꽤 서툴게 말을 시작했다.

"뭐라고?"

로빈이 벌떡 몸을 일으켰다.

"무슨 소리야? 뭐가 불안해?"

거봐, 그렇지. 이 문제는 해결됐군. 나는 가벼운 마음으로 안락의자에 등을 기댔다. 그때 요나가 서서히 한 팔을 뻗어 줄지어 늘어선 쿠션을 툭툭 쳐서 구기더니 침대 다른 쪽에 놓는 모습이 내 눈에 들어왔다.

로빈은 이 모든 것을 곁눈질로 아주 자세히 살피고 있었다. 그러다가 초조한 표정으로 자기 손을 주무르기 시작했다.

"사실은 전혀 필요 없는데도 특정한 일을 해야 한다는 기분이 들어?"

나는 계속 파고들었다.

"뭐?"

로빈은 벌떡 일어나 재빨리 쿠션을 들더니 쑥 들어간 자리를 펴고는 다시 순서에 맞추어 정리했다. 그런 다음 당혹한 표정으로 나를 바라봤다.

"뭐라고 했어?"

요나는 나에게 의미심장한 눈빛을 던졌지만 나는 말없이 그저 고개만 저었다. 하지만 이제 직접적으로 물어볼 작정이었다.

"그러니까 예를 들어 모든 게 이미 정리되어 있는데 늘 다시 정리하려고 해?"

나는 잔뜩 긴장한 채 로빈의 대답을 기다렸고, 요나는 나에게 고개를 끄덕이고는 턱으로 책장을 가리켰다. 그게 무슨 뜻인지 이해한 나는 일부러 순진한 표정으로 자리에서 일어나, 책장으로 천천히 걸어가서 커다란 책 한 권을 꺼내 작은 책들이 있는 곳에 다시 꽂았다. 그러고는 내가 도대체 왜 그랬는지 이유는 모르겠지만 완전히 자제력을 잃고 책을 한 권씩 차례로 꺼내 다른 자리에 집어넣었다. 내 손이 점점 더 빨리 마구 움직였고, 나는 킥킥거리며 책장 전체를 속수무책으로 뒤섞어 놓았다.

아마 지금 여기서 벌어지는 이 빌어먹을 상황을 조금 흥겹게 만들고, 흥미로운 점을 찾아내려고 했던 것 같다. 어떤 상황에서도 즐거운 점은 찾을 수 있다고들 하니까.

하지만 몸을 돌렸을 때, 내 생각이 틀렸음을 깨달았다. 로빈의 얼굴은 마치 지구 전체가 지진해일의 피해를 입은 듯한 엄청난 공황 상태에 휩싸여 있었다. 그러고 성큼성큼 나에게 걸어오더니 얼굴에 대고 외쳤다.

"너, 돌았어? 이게 무슨 짓이야? 너희들, 여기서 도대체 뭐 하는 거지? 나를 끝장내려는 거야?"

내가 조금이라도 만족할 만한 대답을 하지 못하자 로빈은 말없이 몸을 돌려 침대로 돌아가서 얼굴을 양손에 파묻었다.

얼어붙은 상태에서 풀린 나는 이제 질문을 할 수밖에 없다고 마음먹었다. 각오는 했지만 대답을 듣기 싫어 힘겹게 겨우 질문했다. 정말 어리석다고 생각되는 질문이었다.

"네 내면에서 목소리가 들려?"

로빈은 천천히 손을 내리더니 놀란 표정으로 나를 빤히 봤다.

"그걸 어떻게 알았어?"

젖은 내 손가락을 누군가 콘센트에 넣었더라도 지금보다는 덜 놀랐을 것이다.

"그 목소리가 너에게 뭐라고 말해? 누가 말하는 거야? 그러니까 내 말은, 누가……."

나는 당황해 말을 더듬었다.

"나야. 이상하게 들리기는 하지만 내 목소리가 맞아."

로빈이 나지막하게 대답했다.

"내가 나에게 뭔가 명령을 해. 계속 반복해서. 이걸 하지 마, 이건 반드시 해……."

로빈은 어쩔 줄 몰라 하다가 말을 멈췄다.

"뭘 해야 하는데?"

"아주 바보 같은 행동들이지! 예를 들어 집에서 나가기 전에 욕실에 수건이 모두 똑바로 걸려 있는지 확인해야 해. 너무나 급한데도 말이야! 말도 안 되는 소리라는 걸 알면서도 그냥 해야 해. 안 그랬다가는……."

로빈이 축축하게 젖어 빛나는 눈으로 나를 봤다.

나는 당혹스러워 안락의자에서 이리저리 몸을 비틀었다. 방 전체를 채우기 시작하는 로빈의 경악이 느껴졌다. 모든 귀퉁이와 틈새에서 기어 나온 경악은 괴물 같은 몸집으로 내 앞에 버티고 섰다.

"안 그러면 어떻게 되는데?"

나는 갑자기 로빈처럼 소심해져서 소곤거렸다.

"뭔가 끔찍한 일이 일어나. 너에게, 또는 내 동생에게, 또는 온 세상에, 또는……."

"또는 뭐?"

로빈은 새하얗게 질려 있었다. 다시 말을 잇는 로빈의 얼굴은 새하얀 색보다 더 하얗게 변했다.

"또는 나에게. 카를리, 무슨 말인지 알아들어? 그 목소리의 명령을 따르지 않으면 나는 죽어."

마지막 말은 동시에 시작된 흐느낌에 묻혀 거의 들리지 않았다. 나는 로빈을 바라볼 수 없었다. 내 친구가 온몸을 떨며 격렬하게 흐느꼈고, 목구멍에서는 총에 맞은 동물이 낼 법한 소리가 흘러나왔다. 예전의 내 로빈은 사라졌다. 없어져 버렸다. 고통과 절망으로 이루어진 이 거인 옆에 로빈의 자리는 없었다.

나는 완전히 기진맥진해 안락의자를 더 파고들었다. 나랑 가장 친한 친구가 죽음의 공포를 느낀다는 사실을 믿을 수 없었다.

그냥 어려워

생물학에서 오랫동안 금기시했던 것이 오늘날에는 사실로 입증됐다.
야생동물은 고유한 특성을 지닌 진정한 개체다.
연구자들은 용감한 송어와 수줍음이 많은 송어, 사교적인 도마뱀과
괴팍한 도마뱀, 온건한 개미와 공격적인 개미가 있음을 알아냈다.
또한 모든 생명체가 '수컷' 또는 '암컷'은 아니다.
예를 들어 산호는 성별을 정할 수 없고 지렁이는 양성이며,
흰동가리는 처음에 무성이었다가 수컷이 되고,
나중에는 암컷이 되기도 한다.

나는 차분하게 앉아 있었지만 내면에는 강력한 태풍이 몰아쳤다. 내 암벽이요 항구이며, 완전히 정신 나간 내 삶에서 유일하게 정상인 로빈이…… 돌았다고? 정신병자라고? 그렇다면 다른 사람들은 뭐지? 뭐가 남나? 나는 누구에게 의지해야 할까? 정상 또는 제정신이 아닌, 올바른 또는 틀린, 선한 또는 악

한…… 이런 게 정말 존재하기나 할까, 아니면 모든 것이 그저 망상이며 발명품에 불과할까? 우리는 이런 것을 지닌 채 목발을 짚듯 평생 절뚝이며 살아가야 하나?

내 안의 모든 것이 아팠고, 이 고통 속에서 아주 오랜만에 처음으로 로빈을 무척 가까이 느꼈다. 적어도 이런 장점은 있었다.

엄마가 귀리 비스킷을 씹고 새것을 꺼내느라 부스럭거리는 소리만 이따금 정적을 깨뜨렸다. 우리 모두는 말없이 걱정스러운 표정으로 앞만 바라보고 있었다. 아빠는 가끔 즐거운 눈빛으로 요나와 나를 보기도 했지만, 요나는 그 눈길을 눈치채지 못하는 듯했다. 요나는 내 옆에 바짝 붙어 있고, 엄마와 아빠와 홀거 삼촌은 맞은편 소파에 앉아 있었다.

요나가 여기에, 학급 파티 때의 가장무도회를 당연히 오래 지속하지 못한 특별한 우리 가족과 함께 있어서 나는 정말 기뻤다. 놀랍게도 요나가 우리 집에 오면 그런 게 아무 상관도, 아무 의미도 없었다. 나는 얼핏 리나를 떠올렸다. 학교에서 매일 보는데도 리나는 내가 제대로 느끼지도 못하는 사이에 내 삶에서 완전히 사라졌다. 하지만 아무렇지도 않았다. 나는 얼른 요나의 손을 힘껏 잡았다. 요나는 내 옆에 있어야 한다.

머릿속에서 각각의 단어들이 도로변의 경고등처럼 번쩍였다. 로빈의 행동을 설명하기 위해 아무리 자주, 아무리 오래 검색해도 요나와 나는 늘 똑같은 용어들을 계속 만났다. '강박'과 '불안'이 가장 먼저 눈에 띄었고 그 사악한 '장애'라는 말도 항상 따라왔다. 그것만으로도 이미 용기를 잃을 판인데, 요나가 어제 보여 준 문장 때문에 맥이 완전히 빠져 버렸다. "이 질병은 오랫동안 비밀로 유지될 때가 흔하지만, 치료하지 않고 방치하면 심리에 위험한 영향을 끼칠 수도 있다."

하필 인터넷에 조언을 구하는 게 좋은 아이디어는 아니라는 사실도 물론 알고 있다. 하지만 우리는 뭐가 됐든 해 봐야 했다. 지금 그냥 기분이 좋은 척하면서 아무것도 듣지 못하고 보지 못했다고 하는 것도 분명히 올바른 길은 아니었다. 올바른 길을 나도 모르긴 하지만 찾아 나서야 했다. 로빈을 위해.

"로빈은 멋진 녀석이야."

아빠가 고함을 지르며 진심을 넘치게 담아 요나에게 다시 미소를 지었다.

나는 한숨을 내쉬었다. 요나에게 큰 소리는 대머리에게 볼륨 샴푸만큼이나 의미가 없다는 사실을 아빠는 도대체 언제 알게 될까?

엄마는 여전히 생각에 잠긴 표정으로 비스킷을 씹으며 고개를 끄덕였다.

"그래, 그렇지. 나는 로빈이 정말 좋아. 그리고 우리가 그 애를 어느 정도 같이 키운 것이나 다름없지."

로빈을 위해 새로 깨어나는 모성애 때문에 목소리가 꺾이려고 하자 엄마는 입에 대지도 않은 비스킷 하나가 손에 그대로 있는데도 다급하게 또 하나를 집어 들었다.

내 눈길이 홀거 삼촌을 향했다. 오늘 삼촌은 작은 망사와 휘어진 깃털이 달린 벨벳 모자를 쓰고 있었다. 삼촌이 움직이면 깃털은 내면의 흥분 강도를 재는 지진계처럼 떨리기 시작했다. 이제 삼촌이 말을 꺼내자 깃털은 아주 세게 떨렸다.

"카를리, 정말 끔찍하다. 그냥 소름 끼쳐! 너희가 그 문제를 들고 우리에게 와서 다행이야!"

삼촌은 슬픈 눈빛으로 요나와 나를 보며 덧붙였다.

"무엇보다도 로빈에게 끔찍한 일이지."

그러고는 어둠 속에서 천천히 더듬으며 앞으로 나간다는 듯이 조심스럽게 말을 이었다.

"스스로가 겉으로 보여 주는 모습과 내면이 다르다고 느끼면 그건 지옥이야. 어떤 제약에 굴복해야 하거나, 언제나 만사 오케이인 척하거나, 자기와는 전혀 다른 어떤 사람인 척해야 한다면 말이지. 내 말을 믿어. 내가 잘 아는 이야기니까 믿으렴."

깃털이 정신없이 떨리는 가운데 삼촌은 말을 마쳤다.

엄마는 비스킷을 내려놓고 세차게 고개를 끄덕였다.

"그래, 맞아. 카를리, 이왕 말이 나왔으니 말인데 나는 지난번 학급 파티 때와 같은 연극을 이제 다시는 하지 않을 거야. 알겠니?"

엄마가 그 끔찍한 기억을 떠올리고는 눈을 감고 크게 한숨을 내쉬었다.

"온종일 불편한 옷을 입은 채 무슨 말을 해야 할지, 뭘 해야 할지 잘 몰랐어. 계속 뭔가를 잘못하고 있다는 느낌이었다고! 내내 배가 고팠다는 건 별개로 하더라도 말이야. 당신 생각은 어때?"

엄마가 잘 부탁한다는 표정으로 아빠에게 물었다.

아빠는 사랑을 가득 담은 얼굴로 나에게 미소를 지으며 신중하게 고개를 끄덕였다.

"흐음, 학급 파티보다 재미있는 일도 많긴 하지. 그래도 뭐, 한 번 정도는 괜찮았어."

"나는 나야."

엄마는 화가 나서 씩씩거렸다.

"어쩌면 네 마음에 드는 모습과는 다를지도 몰라. 하지만 그렇다고 틀린 건 아니야. 내가 문제가 아니라 나를 상대하는 사람들이 문제라고."

엄마가 고집스럽게 말을 이었다.

“킴, 이제 그만해. 카를리는 이미 알아들었어.”

홀거 삼촌이 나지막하게 말했다.

최근 며칠 계속 그러듯이, 내 눈에 또 눈물이 가득 고였다. 참는 건 이미 포기하고 그냥 엉엉 울면서 소매에 코를 닦는 바람에 요즘은 매일 두 번씩 스웨터를 갈아입어야 했다.

“하지만 로빈도 어쩌면 그냥 자기 모습 그대로를 보여 주는 것뿐인지도 몰라요. 그러니까 그냥 다른 모습 말이에요.”

겨우 이렇게 말했다.

홀거 삼촌이 머리를 긁적였다.

“네가 무슨 말을 하는지는 알아. 하지만 다름은 한 가지 모습이 아니야. 다른 사람과 완벽하게 다르면서도 온전히 자기 자신일 수 있지. 자기에게 중요한 게 도대체 뭔지 알아내는 데 시간이 오래 걸리긴 하겠지만 어쨌든 그게 바로 그 사람 자신이야. 그 사람은 이런 스스로를 다루는 법을 배워 가야 해. 아니, 다른 사람들이 그 상황을 어떻게 다뤄야 할지 배워야 한다고 말하는 편이 더 낫겠다.”

“그렇지.”

아빠가 동의하는 소리가 들렸다.

“다른 한편으로, 내 것이 아닌 강박과 생각 들이 나를 사로잡아서 원래의 삶을 사는 걸 방해하는 경우도 있어. 그런 강박과 생각 들은 끔찍한 고통을 주지."

홀거 삼촌은 한숨을 쉬고 이야기를 이어 갔다.

"내 생각에, 지금 네 친구 로빈은 그런 상태인 것 같다. 그러니 네가 그 애를 도와줘야 해."

홀거 삼촌을 보고 있자니 내 삶의 영상에서 삼촌이 등장하는 수많은 스틸컷이 불현듯 눈앞에 나타났다. 본인이 좋아하는 독특한 옷을 입은 삼촌이 아파서 침대에 누워 있는 나에게 차를 가져다주는 모습, 실망한 나를 품에 안고 흔들어 주는 모습, 적응하려면 일단 시간이 좀 필요한 요리 솜씨로 우리 모두를 행복하게 만들어 주는 모습이었다. 그에 비해 덜 아름다운 다른 스틸 컷도 그 뒤를 이었다. 유감스럽게도 나와 관계가 있을 때가 많았다. 우리 가족과는 전혀 맞지 않는 정해진 틀에 그들을 끼워 넣으려고 내가 고집스럽게 시도하는 모습이었다.

나는 불쑥 눈을 뜨고 삼촌을 보며 나지막하게 말했다.

"삼촌도 고통을 당하는군요."

슬픈 미소가 삼촌의 얼굴을 슬쩍 스치고 지나갔다.

"그래, 하지만 달라. 제약에는 여러 가지 형태가 있어. 로빈의 경우처럼 내적인 형태가 있는가 하면 누군가에게 요구되는 외적인 형태가 있지. 지키라고 요구하는 무언의 규정들이야. 하지만 자신이 정말 누구인지 아는 게 중요해. 그래야 자기 본래의 모습에 맞게 살 수 있고, 진정으로 행복해지니까. 다른 사람들 마음에 드는 일보다 이게 훨씬 더 중요해."

짤막하지만 깊은 탄식이 이어졌다.

"간단하게 들리지만 안타깝게도 무척 복잡하단다."

홀거 삼촌이 갑자기 단호하게 덧붙였다.

"그건 그렇고, 나는 마리아야. 여성이지. 적어도 그 끔찍한 학급 파티 이후로 확실하게 알게 됐어!"

나는 드디어 그 말을 제대로 알아듣고 천천히 고개를 주억거렸다.

"네, 알았어요. 마리아군요."

마리아 고모의 눈이 촉촉해졌다.

"자, 그럼 그건 설명이 됐고."

엄마가 열성적으로 끼어들었다. 그래도 엄마는 요나가 어느 정도 알아들을 수 있게 입술을 또렷하게 움직이며 말하려고 애썼다.

"이제 로빈은 어떻게 하지?"

✉ 로빈은 도움이 필요해요.

✉ 치료를 받아야 할 것 같아요.

요나는 모두가 볼 수 있게 핸드폰을 들었다.

"그럼, 당연히 그래야 해."

아빠가 동의하며 고개를 크게 끄덕였다.

"개 혼자서는 해낼 수 없다. 그런 일을 혼자 해결할 수 있는 사람은 아무도 없어. 우리가 그걸 확실하게 말해야 해."

아빠는 지금 당장 출발하고 싶은 눈치였다.

"로빈도 그렇게 생각할 거예요."

나는 도움을 바라는 로빈의 눈길을 떠올렸다.

"문제는 로빈의 부모님이에요. 아들을 정신병원에 보낸다? 절대로 안 할 거예요! 평생 절대로!"

"네 말이 맞을지도 모르지."

엄마가 대답했다.

"모든 게 언제나 자기 자리에 있어야 하잖아. 깨끗하고 올바르게. 로빈이 유치원 졸업식에서 흙탕물에 넘어졌던 일 기억하니? 개 엄마가 너무 흥분하는 바람에 난 구급차를 불러야 할지 진지하게 고민했어. 로빈 엄마가 걱정이 돼서 말이야."

"그렇지. 그리고 카를리가 초등학생일 때 내가 아침으로 단 한 번 초콜릿 바를 줬더니 개 아버지가 바로 전화해서는 건강한 음식에 대해 일장 연설을 했어."

아빠가 우울한 표정으로 잠시 망설이다가 덧붙였다.

"흐음, 초콜릿 바를 아마 두세 번은 줬던 것 같다."

"두 명 모두 정말 언제나 깐 밤처럼 지나치게 말쑥하잖아."

마리아 고모가 한숨을 내쉬며 말했다.

"늘 완벽하고, 늘 다른 사람들이 원하는 차림새를 하고 있지."

"우리가 그분들을 설득해야 해요."

내가 애원했다.

"아니, 우리가 아니야."

엄마가 눈을 흘기고 위를 올려다보면서 고집스럽게 팔짱을 꼈다.

"네가 해야 해. 나는 그 부모랑은 늘 싸우게 되니까. 하지만 네 말은 들을 거야! 그리고 그 사람들을 가장 잘 아는 사람도 너니까 분명히 잘 해낼 수 있어! 우리에게 말했던 것처럼 그냥 그대로 해."

그 말에 내가 다시 눈물을 훔치자 엄마는 갑자기 무척 자상하게 덧붙였다.

"걱정하지 마. 우리는 너를 홀로 내버려 두지 않아! 모두 같이 가서 바깥에서 기다릴게. 네가 도움이 필요할 경우에 대비해서 말이야."

요나와 아빠, 마리아 고모가 크게 고개를 끄덕였다.

나는 불현듯 솟구쳐 오르는 감동을 억누르려고 벌떡 일어났다. 안 그랬다가는 눈물샘이 초과 근무를 하게 될 테니까.

"자, 그럼 출발해요!"

그 후에 벌어진 일은 우리가 계획하고 있는 진지한 임무보다는 유치원 소풍을 앞둔 상황에 더 가까웠다. 다들 갑자기 마구 뛰면서 뭔가를 찾느라 서로 길을 가로막았다.

"내 머플러 본 사람?"

"음료수를 가져가야 할까?"

"카를리, 그 재킷은 너무 얇아!"

"화장실 가야 할 사람? 다들 다녀왔어?"

적어도 요나는 다시 즐거운 표정을 보였다. 정확하게 말하자면 영원처럼 생각되는 시간이 흐른 후에 우리가 드디어 출발할 수 있게 되자 무척 흥겹게 웃었다. 아니, 아직 아니었다. 마지막 순간에 마리아 고모는 모자를 매만지다가 집을 나서기 전에 벗으려고 했다.

"아니, 아니에요."

나는 고모의 손을 세게 잡았다.

"그대로 쓰세요. 무척 잘 어울려요."

기이한 전투 병력이 움직이기 시작했다. 우리 모두는 행진이라도 하는 것 같은 장엄한 표정이었다. 맨 앞에서 아빠가 놀라울 정도의 강한 팔 힘과 빠른 속도로 휠체어를 움직였고, 그 뒤를 이은 엄마가 엉덩이를 뒤뚱거리며 단호하게 전진했으며, 마리아 고모는 흘러내리는 모자를 자꾸 올려 쓰며 총총걸음으로 따라갔다. 마지막은 손에 손을 잡은 요나와 내가 장식했다.

로빈네 문 앞에 도착해 다들 침묵하며 서 있는 사이에 나는 앞으로 나아가 초인종을 눌렀다. 로빈의 엄마가 문을 열었는데, 무척 창백하고 많이 지친 모습이었다. 우리 가족에게는 눈길도 주지 않았지만 나를 보고서는 마음이 놓이는 듯했다. 다른 사람들에게는 침묵하면서도 나에게는 눈길로 말했다. '네가 와서 다행이야. 난 이제 어떻게 해야 할지 더는 모르겠다.'

아줌마가 나를 거실로 안내했다. 나는 거실로 가는 길에 로빈의 방문 앞에 멈춰 서서 어떻게 할지 묻는 눈길로 아줌마를 쳐다봤다. 아줌마가 고개를 끄덕이고는 노크하고 말했다.

"로빈, 나오겠니? 할 말이 있어."

창가 쪽 안락의자에 앉아 있는 로빈의 아버지는 손에 책을 들고 있지만 읽는 것 같지는 않았다. 우리가 들어가자 아저씨가 일어났는데, 나를 보고도 전혀 놀라지 않은 표정이었다. 이렇게 모인 후에 나는 이야기를 시작했다. 처음에는 말을 더듬었지만 점점 빨라졌는데, 안타깝게도 뒤죽박죽이었다. 가장 아름다운 학급 대회에 대해, 로빈이 지금까지 이렇게 오랫동안 숙제를 하지 않은 적이 없다는 사실에 대해, 요나와 요나 친구의 누나에 대해, 그리고 나중에는 사과 피라미드와 내가 뒤섞어 놓은 책들에 대해서도 말했다. 너무 오래 꾹 눌러 뒀던 것처럼 말이 그냥 마구 쏟아졌다. 말을 마친 나는 당황한 로빈 부모님의 얼굴을 보다가 눈길을 돌려 창밖에서 가끔씩 까닥거리는 깃털을 봤다. 그러고 우리 가족 모두 그곳에서 각자의 방식으로 나를 돕고 있다는 사실에 위로를 받고 새로운 용기를 얻어 짤막하고 명확하게 요약해서 말했다.

"로빈의 상태는 아주, 아주 안 좋아요. 치료를 받아야 해요."

"아니, 내 생각에는……."

로빈 아버지가 화를 내며 입을 뗐지만 아줌마가 손짓으로 조용히 하라고 하고 아들에게 몸을 돌렸다.

"너는 어떻게 생각하니?"

로빈은 침을 꿀꺽 삼키더니 힘겹게 고개를 끄덕였다.

"카를리 말이 맞아요. 도움이 필요해요."

그 말에 모든 것이 결정됐다.

나는 앞장서서 집에 가면서, 오랜만에 처음으로 바른길을 걷는다는 느낌이 들었다.

감춘다고 사라지지 않음

반려동물들은 말을 잘 들어서 금지된 일을 하지 않는 것이 아니라
그냥 남몰래 하는 경우가 많은데,
이는 상당한 정신적 능력을 보여 준다.
개들은 사람이 눈을 감거나 등을 돌리고 나서야 사료를 훔친다.
사방이 완전히 어두우면 대부분 망설이지 않고 사료 그릇에 덤벼든다.

아니, 이게 아니야. 이건 있지도 않은 가슴을 받치는 모습 같잖아. 자, 다시 한번. 양손을 앞으로 내밀어 손가락을 폈다가 가슴 쪽으로 당기면서 다시 접기. 그리고 무엇보다도 미소, 미소, 미소 짓기! 그다음, 다른 단어. 이건 무척 간단하다. 양손 검지를 펴서 지휘자처럼 가슴 높이에서 흔들기. 이건 확실하다. 다

음 동작은 이해하기 어렵군. 초등학교 때 선생님이 우리더러 조용히 하라고 할 때와 비슷하게 둘째손가락과 새끼손가락을 펴고 나머지 손가락은 접은 채로 턱 높이에서 돌리라니…… 정말로? 그런 다음 엄지를 두 번 목 아래에서 짧게 돌리기. 이제 처음부터 다시 해 보자. 더 유연하고 더 빨리. 나는 몇 번 연습했지만 거울이 잘못됐는지 그저 산만하게 손을 휘젓는 모습만 보였다.

"카를리이이이이!"

누군가 고함을 질렀다.

"카를리이이이, 이리 와 봐!"

나는 살짝 한숨을 내쉬었지만 바로 히죽거리며 웃었다. 엄마가 뭔가 만들었을 때 지르는 전투 구호가 다시 들렸으니까. 이렇듯 변하지 않는 일들도 많다. 그 사실이 마음에 들었다.

"예, 무슨 일이에요?"

나도 똑같이 고함을 지르며 거울의 작은 한 부분에 입김이 서릴 정도로 그 앞으로 바짝 다가섰다. 페르디가 벌써 또 자랐나?

"이리 좀 와 보라고!"

부엌으로 달려간 나는 어리둥절해서 사방을 살폈다. 아무도 없었다. 하지만 안타깝게도 엄마와 아빠가 잠깐이나마 적응하려고 노력하던 시기처럼 잘 정리된 상태도 아니었다. 이제 다시 예전처럼 혼란스러웠고, 지금 배가 고프지 않아 다행이라고 생각했다.

둘 다 도대체 어디 계신 거야? 거실에도 없으니 남은 곳은 욕실과…….

"카를리, 얼른!"

침실이었다. 문을 휙 열어젖혀 보니 몸을 기이하게 앞으로 숙인 아빠가 완벽하게 새로운 형태의 운송 수단에 다리를 단단하게 묶은 채 앉아 있었다. 두꺼운 뒷바퀴 두 개는 서로를 향해 기울어져 있고, 길쭉한 막대기 끝에 달린 앞바퀴 하나는 그보다 훨씬 작았다.

"경주용 휠체어네요."

나는 너무 놀란 나머지 일단 앉고 싶었지만 앉을 자리가 없었다. 결국 만들었네! 부엌에서 다툰 이후 아빠는 휠체어 경주에 대해 더는 말하지 않았다. 하지만 아빠의 확신과 엄마의 고집으로 미루어 볼 때 사춘기 가족 구성원 한 명이 투덜거린다고 가족의 꿈이 물거품이 되지는 않으리라는 것을 예상했어야 하는데 말이지.

엄마가 여기로, 작은 침실로 작업실을 옮겼구나. 아빠도 여기서 나 몰래 훈련했을 테고. 엄마가 매트리스에 엎드려 침대와

벽 사이에 꽉 끼어 있는 경주용 휠체어를 조작하는 모습을 본 나는 살짝 부끄러우면서도 두 분이 내 말을 듣지 않았다는 사실에 무척 안도했다. 아빠도 예전에 내가 날겠다고 고집을 부렸을 때 나를 그냥 떨어뜨리지 않았다. 내 말을 문자 그대로 받아들이면 안 된다.

엄마가 숨을 헐떡이며 일어나 고집스러운 표정으로 나를 노려봤다.

"그래, 경주용 휠체어야! 뭐 반대할 말 있어?"

나는 감탄의 미소를 최대한 활짝 지어 보였다.

"아뇨, 전혀 없어요! 도와드릴까요?"

"좋아, 그래야지."

엄마가 대답하고 다시 엎드렸다.

"저기 봐. 앉는 부분 아래 나사를 조여야 해. 아직 너무 헐거워. 그런데 나는 그 아래로 들어갈 수 없어."

놀랄 일도 아니었다. 나는 고분고분히 엄마 말을 따라 등을 대고 누워서 휠체어 의자 아래로 조심스럽게 기어갔다. 엄마가 너트를 고정할 드라이버와 펜치를 나에게 건넸다.

"다리를 놓을 자리가 너무 좁아."

그러는 동안 아빠가 위쪽에서 불평했다.

"응. 내가 원래 생각했던 모델은 다리가 없는 사람용이었던 것 같아. 나중에 다시 봐 줄게."

엄마가 설명했다.

휠체어 앉는 부분 아래에는 나사가 무척 많았는데, 그중 하나가 정말로 상당히 느슨해 보였다. 조금 만지작거리면서 처음에는 방향을 거꾸로 돌렸다가 잘못된 걸 깨닫고 반대 방향으로 돌렸다. 폭탄이 터져도 견딜 만큼 나사를 단단하게 조이고 나서 나는 들어갔던 길을 다시 등으로 기어 나왔다.

"부엌으로 옮겨서 마저 조립하세요. 거긴 자리가 넓은데 여기서는 잘 안 되잖아요."

엄마와 아빠는 처음에 어리둥절한 표정으로 나를 보더니 의미심장한 눈길을 서로 주고받았다. 그러다가 엄마가 고개를 끄덕였다.

"네 말이 백 퍼센트 옳아."

"그런데 경주는 언제 열려요?"

"석 달 뒤. 얼마 남지 않았어."

아빠가 안전벨트를 풀고, 침대에 앉아 있는 엄마 옆으로 자리를 옮기며 대답했다.

"연습할 시간이 아직 좀 남았네요."

간질거리는 이상한 느낌이 배에서 퍼져 갔다. 특히 유치원 때 크리스마스 직전에 느꼈던 감정이다. 내가 이 경주를 정말 즐거운 마음으로 기대하기 시작한 모양이다. 정리를 해야 하는 학급 대회 때랑은 다르다. 솔직하게 말하자면 그때는 사실 꽤 짜증이 났다.

"이미 많이 했지."

아빠가 이렇게 대답하고는 자랑하듯 오른쪽 이두박근을 보여 줬다.

보아 하니 어쨌든 완두콩 크기에서 테니스공만 한 크기로 자라기는 했다.

"로빈은 어떻게 지내?"

아빠가 물었다.

"아주 잘 지내나 봐요. 적어도 병원은 마음에 들어 하는 것 같아요. 처음 몇 주는 온전히 거기만 있고, 집에는 오지 않을 예정이래요."

"아이고, 그나마 다행이구나."

엄마가 한숨을 내쉬었다.

"요나가 조금 있다가 저를 데리러 올 거예요. 같이 로빈 문병 가려고요."

요란한 소리가 들려오는 바람에 나는 하던 말을 멈추었다.

"저게 무슨 소리예요?"

"마리아가 클레테를 지하실에서 다시 데리고 올라오나 보다.

클레테의 영혼을 염려하면서 구출 기회를 보고 있었나 봐."

엄마가 킥킥 웃으며 대답했다.

복도로 나가 보니 정말로 현관문 앞에서 몸을 숙이고 있는 마리아 고모의 엉덩이가 눈에 들어왔다. 고모는 뭔가를 잡아당기는 중이었다. 나는 얼른 달려가서 고모와 함께 클레테를 안으로 옮겼다. 마리아 고모가 감사의 마음을 담아 나에게 환하게 웃어 보였다.

"지하실은 휠체어가 살 만한 곳이 아니야. 게다가 난 왠지 모르게 클레테가 그리웠어."

정말 나도 그랬다. 나는 마리아 고모의 뺨에 요란한 소리를 내며 입을 맞춘 뒤, 완벽한 폐허를 어느 정도 평범하게 어수선한 곳으로 만들어 보려는 숭고한 의도를 품고 부엌으로 향했다. 엄마와 아빠에게 좀 더 넓은 공간을 마련해 주기 위해서였다. 조리대에 들러붙은 음식물 찌꺼기를 닦아 없애고 지저분한 접시들은 식기세척기에 넣고, 대충 먹을 만한 것들은 모두 냉장고에 넣었다. 마지막으로 최근 몇 년 동안은 틀림없이 행주를 만나지 못한 식탁을 닦음으로써 대단원의 막을 내리려고 할 때 초인종이 울렸다.

"요나일 거예요. 문 좀 열어 주세요."

나는 마리아 고모에게 소리치고 현관을 흘깃 내다봤다. 그랬다, 로빈을 위해 가져온 것이 분명한 커다란 꽃다발을 든 요나가 그곳에 서 있었다.

"잠깐만 기다려. 금방 끝나."

나는 요나가 내 말이 무슨 뜻인지 알 수 있게 행주를 흔들어 보이고 얼른 다시 부엌으로 들어갔다.

"아, 사랑하는 요나!"

마리아 고모가 현관에서 넘치는 열정을 담아 말하는 소리가 들렸다.

"네가 와서 정말 반갑다! 클레테를 소개해 줄까? 원한다면 너도 타 봐!"

정말 안 듣고 싶어도 다 들리는군. 나는 나가서 끼어들어야 하나 잠깐 고민했지만, 잠시 후 복도에서 들려오는 귀에 익은 윙윙 소리와 요란한 환호성으로 미루어 볼 때 요나가 운전 연습을 하면서 엄청나게 즐거워한다는 것을 알 수 있었다. 그래서 식탁을 계속 닦았는데, 한 군데에 밝은 얼룩이 생긴 것을 보고서 내가 한자리만 계속 닦았다는 사실을 깨달았다. 아마 흥분 때문인 듯했다. 로빈을 처음으로 찾아갈 생각을 하니 기분이 무척 이상했다. 로빈은 어떻게 지낼까? 병원은 어떤 모습이지? 평범한 병원이랑 똑같을까? 거기 있는 다른 환자들은 어떨까? 쿠션을 댄 벽, 난폭 행위를 막기 위한 두툼한 헬멧과 몸을 구속하는 가죽조끼 차림으로 침을 흘리는 사람들, 이런 괴상한 장면들이 머리를 스치고 지나갔다.

문간에 나타난 요나가 나를 보며 미소를 지었다. 나는 조금 편하게 숨을 쉴 수 있었다. 마리아 고모 말이 맞았다. 요나가 와서 얼마나 반가운지.

입장권이 된 나

의사소통은 말과 소리뿐 아니라 그 이상으로 구성된다.
몸짓과 표정, 색깔과 냄새 역시 중요한 정보를 전달한다.
침팬지는 다른 것 외에 무언극이라는 수단으로도 의사소통을 하고,
코뿔소는 배설물로 '말'을 한다.
배설물 냄새가 성별과 짝짓기 의향에 대한 정보를 제공하고,
친구와 적을 구별하는 데 도움을 주기 때문이다.

우리는 말없이 각자 뭔가를 보는 데 집중했다. 로빈은 고개를 숙인 채 자기 손에 들려 있는 꽃다발을, 요나는 창밖을 바라봤고, 나는 면회실을 둘러봤다.

병원은 자기가 병원임을 속이고 지극히 평범한 집인 척하는 데 온 힘을 다한 것 같았다. 커다란 책장에는 책과 게임과 기타

잡동사니가 알록달록하게 뒤섞여 쌓여 있고 유리창에는 밝은 색 커튼이 걸렸으며, 작은 탁자 옆에는 편안한 안락의자들이 놓여 있었다. 나는 안도하며 이 망상을 받아들이고는 병원이 아주 편한 곳이라고 생각하기로 마음먹었다.

침묵은 평화롭고 느긋하기도 하지만 늘 그렇지는 않다. 잠시 후 우리 사이의 침묵은 성급하게 몸집을 불리며 부풀어 올랐고, 나는 이 침묵을 깨야 한다는 느낌을 받았다. 하지만 어떻게 깰지 알 수 없었다. 정신병원에 있는 가장 친한 친구에게는 무슨 말을 해야 하나? 오늘 날씨가 좋다고? 다 괜찮냐고? 무슨 일 있냐고?

바깥보다 여기서 더 못 지내면 어떻게 하지? 내가 로빈을 여기 들어오게 했으니 그럼 내 잘못인데. 어차피 나는 뭔가를 잘못했는지도 모른다. 그 멍청한, 아름다운 학급 대회에서 지나치게 행동했을 수도 있다. 또는 이 모든 상황을 훨씬 더 일찍 알아챘어야 하지 않을까? 요나가 안심시키듯 한 손을 내 무릎에 얹고서야 내가 초조하게 다리를 이리저리 흔들어 대고 있다는 걸 깨달았다.

어색한 침묵에서 우리를 건져 낸 사람은 로빈이었다.

"고마워."

로빈은 뭔가를 선물 받으면 뭐라고 말해야 하는지 이제야 생각났다는 듯이 불쑥 말했다. 그러고는 수납장으로 가서 서랍을 여기저기 뒤져 작은 유리 꽃병을 꺼냈다.

"금방 돌아올게."

그렇게 소리치고 바깥으로 나갔다가 잠시 후 꽃병에 물을 한 가득 채워 돌아왔다. 요나도 위험한 상황을 바로 눈치챈 모양이었다. 우리 둘은 놀라서 로빈을 말리려고 동시에 벌떡 일어났지만 이미 늦었다. 로빈이 꽃다발을 꽃병에 꽂자 탁자에 물이 흘러넘쳐 가장자리까지 바로 줄줄 번지는 사태가 벌어졌다.

창백해진 로빈이 탁자를 꽉 움켜쥐었다. 나는 얼른 스웨터를 벗어 다급하게 탁자를 닦았고, 다행스럽게도 번지는 물을 막을 수 있었다. 푹 젖은 스웨터를 당황해서 잠시 손에 들고 있다가 그냥 어깨 너머로 넘겨 등에 걸치자 스웨터는 요란한 소리를 내며 등에 바로 척 붙었다.

"잘됐다. 마침 너무 더웠거든."

나는 일부러 활달하게 말하고 청바지로 흘러내리는 물을 무시하려고 애썼다.

로빈과 요나가 천천히 다시 앉았다. 나는 친구의 옆모습을 계속 훔쳐봤다. 변한 것이라고는 전혀 없었다. 아니, 혹시 더 나빠졌나? 로빈이 이곳에 온 지 벌써 2주도 넘었다. 치료가 잘되어 상태가 좋아진다는 건 언제쯤 느끼게 될까? 불현듯 너무나도 강렬한 애정이 솟구쳐 올랐다. 나는 로빈도 이 감정을 느낄 수 있게 양동이로 퍼붓듯이 친구에게 쏟아붓고 싶었다. 우리의 우정은 너무나 오래되고 너무나 진실해서, 로빈의 고통은 나의 고통이기도 했다. 로빈이 나에게 얼마나 중요한 사람인지, 내가 그 애를 얼마나 좋아하는지 말하고 싶었다.

바로 그 순간 로빈이 나를 슬쩍 보고는 미소를 지었다. 그나마 다행이었다.

✉ 상태가 어때? 말해 봐.

요나가 의사소통을 시작하자 나는 안도의 한숨을 내쉬었다.

로빈이 잠시 생각한 후에 대답했다.

"사실 전혀 모르겠어."

좋아, 이렇게 시작하는 거지. '모른다'는 말은 어쨌든 '무진장 안 좋다'는 뜻은 아니니까.

✉ 여기서 사람들이 뭘 어떻게 해?

"무엇보다도 말을 많이 해."

로빈은 이제 좀 긴장이 풀린 것 같았다. 얼굴이 밝아지고, 어느 정도 열성을 가지고 대답했다.

"처음에는 어떤 여자 선생님과 계속 혼자 이야기했고, 지금은 여러 명이 모인 모임에 참석하는 중이야."

문이 열리더니 머리카락을 높이 틀어 올린 여자아이가 들어왔다. 아이는 우리에게 수줍게 미소를 짓고는 수납장에서 아무 게임이나 하나 골라 들고 다시 나갔다.

"저 애는 율리아야."

로빈이 나직이 소곤거렸다.

"의사 선생님들이 율리아에게 그냥 늘어져 있지 말고 뭔가 하라고 했대. 그래서 이제는 늘어져 있을 때 침대 옆에 늘 게임을 하나 가져다 둬."

로빈이 킥킥거리며 율리아 이야기를 하고서 요나에게 말했다.

"그건 그렇고, 안타깝게도 난 여기서 핸드폰 못 써."

로빈이 미안하다는 듯이 어깨를 으쓱했지만 요나는 미소 지으며 손을 내저었다.

✉ 괜찮아. 병원에서 너에게 어떤 걸 질문해?

"흠, 아주 우스꽝스러운 일들. 예를 들어서 내가 어떤 동물이라면 좋겠는지, 엄마와 아빠와 넬레는 어떤 동물인 것 같은지 등등."

로빈이 히죽 웃으며 대답했다.

동물이라니? 그런 질문이 도움이 된다고? 새로운 치료 방법인가?

"어, 그것 말고 또 어떤 걸 해?"

"흐음."

로빈은 이제 거의 기쁜 표정으로 대답했다.

"예를 들어 생각 일기를 쓰고 하루의 일과에 대해 계획을 세워. 하지만 나는 상당히 다루기 힘든 놈이지."

로빈이 이렇게 덧붙이고 만족스러운 표정으로 팔짱을 꼈다.

✉ 무슨 뜻이야?

"어제는 평범한 하루 일상을 벽에 걸린 화이트보드에 써야 했거든. 화이트보드가 꽤 컸는데도 쓸 자리가 모자랐어."

"왜? 할 일이 그렇게 많아?"

"아니야. 원래 쓰라는 대로 일하는 시간과 쉬는 시간뿐 아니라, 화장실 가는 시간과 뭔가 마시거나 이를 닦는 시간도 다 쓰겠다고 고집을 부렸어."

로빈이 웃으며 대답했다.

✉ 이를 몇 번이나 닦아?

로빈은 놀란 표정으로 요나를 바라봤다.

"뭔가 마시거나 먹은 후에는 언제나 닦지. 그리고 당연히 그 사이에도 가끔 닦고."

당연하다니.

"그러면 사실 너는 꽤 잘 지낸다고 말할 수 있는 거네?"

로빈, 그렇다고 말해 줘!

"흠."

로빈은 내 질문에 대한 대답이 천장에 쓰여 있다는 듯이 그곳을 쳐다봤다.

"응, 그런 것 같아. 있잖아. 여기는…… 무척 달라. 내가 집을 떠나 있다거나 새로운 사람들을 만난다는 사실뿐 아니라…… 이따금 문을 하나 열고, 다른 로빈이 살아가는 모습을 지켜보는 것 같은 느낌을 받아. 무슨 뜻인지 알겠어?"

나는 제대로 이해할 수 없었지만 그래도 고개를 끄덕였다.

"이런 상황은 그다지 나쁘지 않은 것 같아. 이 다른 로빈은 아주 웃긴 녀석이거든."

친구가 나지막하게 말했다.

나중에 헤어질 때 로빈과 나는 잠시 마주 보며 우유부단하게 서 있었다.

“자, 그럼. 또 만나자.”

나는 결국 그렇게 말하고는 가려고 돌아섰다.

그러자 친구가 다시 한번 내 팔을 꽉 잡았다.

“카를리, 걱정하지 마. 알았지? 시간이 오래 걸릴 거야. 이런 일은 빨리 사라지지 않아. 그래도 괜찮아.”

로빈은 오늘 처음으로 내 눈을 똑바로 들여다봤다.

“고마워. 뭐든지 다. 너는 정말 좋은 친구야. 최고의 친구.”

나는 계단을 걷는다기보다는 깡충깡충 뛰어 내려왔다. 그 정도로 마음이 가벼웠다. 로빈이 여기서 잘 지낸다는 것, 여기서 도움을 받는다는 것을 이제 알게 됐으니까. 아래 도로에 내려와서 요나와 나는 다시 한번 몸을 돌려 위층 창가에 서서 우리를 내려다보는 로빈에게 손을 흔들어 작별 인사를 했다. 그런 다음 요나가 생각에 깊이 잠긴 채 걷기 시작하자 나는 얼른 달려서 그 뒤를 따라갔다. 지금 분위기가 아주 좋아서 축하하고 싶은 기분에 휩싸였다. 지금이 행동하기에 딱 맞는 순간이었다.

내가 앞에 서자 요나는 무슨 일이냐는 눈빛으로 나를 봤다. 나는 집 거울 앞에서 몇 번이나 연습한 동작을 시작했다. 일단 양손을 가슴 쪽으로 당겨서 주먹을 쥐었다. '너를 초대해.'라는 뜻이었다. 그러고 잔뜩 긴장한 채 요나의 표정을 살펴보니, 요나는 놀라서 눈썹을 치켜세우고 있었다.

좋아, 계속하자. 둘째 손가락을 펴고 가슴 높이에서 흔들어 '콘서트'를 표현했다.

요나는 생각에 잠긴 채 이마를 찌푸렸다.

이제 뭘 해야 하더라? 아, 맞다. 둘째 손가락과 새끼손가락을 펴고 손을 돌려서 '황금'이라고 말해야지.

요나는 어리둥절한 표정으로 머리를 긁적였다.

절망이 내 내면에서 스멀스멀 피어올랐다. 요나가 지금까지 내 몸짓을 알아보지 못했다면, 다음 몸짓은 어떻게 알아볼 수 있을까? 온라인 사전에서 '악마'를 찾지 못해서 '사악한'이라는 단어를 연습했는데. 나는 살짝 당황한 채 가슴 위에서 엄지로 원을 두 번 그렸다.

요나의 입꼬리가 또렷하게 떨리기 시작했다. 아, 안 돼. 제발 또 웃음 발작을 일으키지는 마! 우리 관계가 나의 엄청난 창피함, 그리고 거기에 이어지는 요나의 즐거움 폭발로 이루어져 있다는 느낌이 점점 더 강해졌다. 그다음에는 무언극을 시도했다. 연극 강좌에서 무언극을 연습한 적이 있는데, 그게 어차피 더 나을 터였다.

자, 그럼 처음부터 다시. 나는 일단 나를, 그다음에 요나를 가리키고 나서 하트를 그리고, 엄지와 검지를 서로 문지르며 고개를 세게 저었다. 요나의 반응을 살피지 않고 그냥 계속 몸짓을 이어 갔다. 상상의 록 음악에 맞추어 길에서 느긋하게 춤을 추다가 요나를 스쳐 깡충깡충 뛰어가면서 다시 우리 둘을 가리키고, 확실하게 하려고 다시 한번 하트를 그렸다. 이제 어려운 표현이 따라올 차례였다. 허공에서 손가락을 떨며 반짝거리고는, 끔찍하게 눈부시다는 듯이 눈을 꾹 감았다. 그러고 손가락으로 머리에 악마의 뿔을 만든 다음 드디어 용기를 내어 요나를 봤다. 요나는 얼굴이 새빨개진 채 입술을 꽉 다물고 있었다. 나는 마지막으로 좀 더 확실하게 하려고 양팔을 몸에 딱 붙이고 꼿꼿하게 서 있었다. 최대한 네모 입장권처럼 보이기 위해서였다. 아, 빌어먹을. 난 그저 요나를 '황금 악마들' 콘서트에 초대하려는 건데!

그렇게 서 있는 나를 보던 요나의 안색이 점차 평소대로 돌아오고 얼굴 윤곽이 무척 부드러워졌다. 그러고 나에게 더 가까이 다가와 고개를 끄덕이고 엄지를 위로 치켜세운 뒤에 애정을 가득 담아 나를 안았다.

당황스러웠지만 나도 행복한 마음으로 입장권으로서의 존재를 끝내고 요나를 꼭 껴안았다. 요나의 어깨 너머로 병원 유리창을 올려다보니, 로빈이 여전히 창가에 서서 고개를 저으며 관자놀이를 톡톡 치는 모습이 눈에 들어왔다. 내가 완전히 돌았다고 생각하는 모양이었다.

승리하다

많은 동물에게 수염은 남성성의 상징으로 매우 중요하다.
숫염소는 수염을 무척 자랑스러워한다.
수염은 수컷이 특별한 냄새를 퍼뜨려서
암컷의 관심을 불러일으키는 데 도움을 준다.
수염이 많을수록 향기를 품을 공간이 넓어지고,
그래서 그런 수컷은 더 지독한 냄새를 풍긴다.

군중은 떠들썩하게 흥분하지는 않았지만 그래도 기대에 부푼 표정으로 트랙을 바라보고 있었다. 사실 이곳 운동장에 모인 사람들은 군중이라고 할 만한 규모는 아니고 그저 조금 무리 지어 있는 정도였다. 하지만 관중석이 아직 차는 중이었고, 맥주와 아이스크림과 소시지 매점 앞에 줄을 선 꽤 많은 사람도 분명히 이제 곧 구경꾼들 사이에 끼어들 터였다.

참가자들은 긴장한 채 트랙에서 이리저리 휠체어를 굴렸다. 아빠는 잘 먹어서 통통한 구더기들 사이에 낀 회충처럼 눈에 잘 띄었다. 참가자들 가운데 가장 홀쭉했는데, 엄마가 새로 사 준 새빨간 민소매 셔츠도 이 사실을 감추지 못했다. 다른 휠체어 경주자들은 상체가 너무나 빵빵해 보여서 테스트를 위해 바늘로 찔러 보고 싶어질 정도였다. 특히 아빠 옆에 있는, 형광 노랑 셔츠를 입은 남자는 아놀드 슈워제네거조차 말라깽이처럼 보이게 만들 정도였다. 게다가 형광 노랑 남자는 공격적인 면까지 심하게 지녀서, 다른 참가자들이 제대로 몸을 푸는 것을 방해하려는 듯이 그들을 계속 가로질러 다녔다. 완두콩 초록빛 옷을 입은 남자는 분노한 몸짓을 보였지만, 아빠는 늘 정중하게 멈춰 서서 기다렸다. 나는 느낌이 아주 좋지 않았다.

엄마와 마리아 고모는 오히려 그 반대였다. 두 사람은 미국의 진부한 스포츠 영화에서 튀어나온 것처럼 환호성을 지르며, 쓰고 있는 챙 달린 모자와 색깔이 똑같은 깃발을 마구 흔들었다. 둘은 아빠가 이미 결승선을 통과하기라도 한 것처럼 들떠 있었다. 아빠가 아직 해내야 할 일인데도 그랬다……. 아빠는 1,500미터, 그러니까 거의 네 바퀴를 완전히 다 돌아야 한다!

나는 속이 살짝 메슥거리고 흥분해서 옆에 있는 요나를 꼬집었다. 요나도 나를 곧장 꼬집었는데, 상당히 세게 꼬집었다. 나는 바로 또 꼬집기에 항의하려고 하다가 그 이유를 알게 됐다. 누군가 운동장에 도착해서 우리에게 다가오는 중이었다.

로빈이었다! 로빈은 몇 주 전부터 바깥에 나오지 않았고, 병원에서의 만남을 제외하고는 모두 피했다……. 그런데 이제 용기를 내어 고래고래 소리를 지르는 군중 한가운데로 온 것이다! 억제할 수 없는 기쁨이 솟구쳐 나는 로빈이 우리를 보게 하려고 손을 마구 내저었다. 로빈은 틀림없이 이미 우리를 봤을 텐데도 그렇게 했다.

내 베프는 혼자가 아니라 가족과 함께였다. 로빈의 엄마와 아버지가 경호원들처럼 양옆에 있고, 어린 넬레만 앞에서 폴짝폴짝 뛰었다. 넬레도 이제 나를 발견하고서 웃으며 손을 흔들었다.

로빈이 바로 앞에 와서 섰다.

"어이."

나는 안도하며 그저 이렇게만 말하고 하이 파이브를 하려고 손을 올렸다.

로빈이 손을 마주치고 싱긋 웃었다.

"부모님에게 오늘 너희 아버지가 뭘 하실지 듣고 나니 꼭 오고 싶더라. 진짜 멋지다!"

"응."

나는 여전히 긴장한 채 대답했다. 그 순간 엄마가 우리 쪽으로 몸을 돌리더니 흥분해서 열광적으로 소리쳤다.

"로빈, 만나서 정말 반가워!"

그러고 로빈의 부모님을 흘낏 보고는 그다지 열광적이지 않은 목소리로 덧붙였다.

"다들 안녕하세요."

하지만 엄마는 바로 정신을 차렸다.

"그거 아세요? 축하를 해야겠어요! 가서 거대한 아이스크림을 사 올게요. 모두가 먹을 수 있게!"

그러고는 미처 누군가 반대하기도 전에 깃발을 마리아 고모의 손에 쥐여 주고 사람들 사이를 뚫고 아래 아이스크림 차를 향해 내려갔다. 엄마는 잠시 후에 아이스크림이 세 스쿱씩 담긴 와플 콘을 팔에 가득 안고 돌아와서 노래를 흥얼거리며 나눠줬는데, 로빈의 부모님은 억지웃음을 지으며 손을 겨우 내밀어 그걸 받아 들었다.

"시작한다!"

마리아 고모가 외쳤다.

정말이었다. 참가자들이 출발선에 자리를 잡고 기대에 찬 표정으로 몸을 앞으로 살짝 숙였다. 아빠의 긴장감이 우리가 있는 곳까지 전해져서, 나는 출발 신호를 기다리며 아이스크림을 점점 더 빨리 핥았다. 출발 신호와 함께 순식간에 모든 것이 요란한 응원 소리에 잠겨 버렸다.

아빠는 출발이 좋았다. 그것도 아주 좋았다. 안쪽 트랙을 달리는 아빠는 제일 바깥 트랙을 도는 형광 노랑의 앞선 거리를 바로 따라잡는 데 성공했다. 이제 참가자들이 원래의 트랙을 벗어나 계속 안쪽으로 들어가는 바람에 자연스레 줄이 만들어졌다. 아빠가…… 선두였다! 한순간 아주 조용했던 관중은 요란한 환호성을 울렸다! 사람들은 가장 약한 사람이 선두에 서는 것을 좋아한다. 아빠는 순식간에 관중이 제일 사랑하는 참가자가 됐다. 새로운 스키점프 선수 독수리 에디가 탄생한 것이다!

그사이에 로빈과 그 가족, 요나와 나는 엄마와 마리아 고모의 팔짝거리는 춤에 동참했고, 와플 콘의 아이스크림은 녹아서 흘러내리기 시작했다. 그러거나 말거나 내 눈길은 이미 한 바퀴를 거의 다 돌고 다른 모든 참가자에 앞선 아빠만을 향했다! 아니, 아니네. 완두콩 초록이 숨 막히는 속도로 추격하며 아빠의 왼쪽으로 다가갔다. 아빠는 고개를 잠깐 돌렸다가 더욱 힘차게 핸드림을 움직여 마치 포르쉐 911처럼 앞으로 질주했다. 엄마의 경주용 휠체어는 썩 괜찮게 조립된 듯했다. 그건 인정할 수밖에 없었다. 아이스크림만 들고 있지 않았다면 나는 양손을 모으고 아빠가 끝까지 달릴 수 있게 해 달라고 기도했을 것이다. 지금까지는 괜찮았다! 관중이 환호하며 한목소리로 "앞으로! 앞으로!"라고 응원했다. 모두…… 우리 아버지에게 환호했다!

온 세상의 환호성이 이제 드디어 그 모습 그대로 올바른 나와 우리 가족을 위한 것 같았다. 자랑스러움과 더없는 기쁨이 밀려왔다. 아니면 언제나 옳았는데 내가 느끼지 못했을 수도 있고…… 어쨌든 잘 모르겠다. 하지만 어쩌면 이 모든 건 중요하지 않은지도 모른다. 누군가 자기 자신과 주변 사람들에게 느끼는 좋고 따뜻한 느낌만 중요한 게 아닐까. 지금 이 순간 나는 그런 느낌을 무척 많이 느끼고 있었다. 물론 영원히 좋은 것이란 없으니 다른 시간도 찾아올 테지. 하지만 바로 이 순간은 좋고, 지금은 그 사실만 중요하다.

그 순간 형광 노랑이 오른쪽에서 번개처럼 접근했다. 완두콩 초록과 달리, 그는 추월 시도만 하는 게 아니라 몇 번이나 왼쪽으로 틀면서 아빠의 진로를 방해했다. 관중은 짜증 섞인 휘파람과 야유를 퍼부었고 나도 평소라면 교장 선생님에게 끌려갈 만한 단어들을 크게 내뱉었다. 이제 세 바퀴를 돌아서 아빠가 결승선에서 멀지 않은 곳에 이르렀을 때…… 나는 팔을 내렸다. 상황을 알아챈 엄마와 마리아 고모도 마찬가지였다. 아빠의 좌석이 헐거워 보였다. 살짝 흔들리는 바람에 아빠가 조금 비틀거렸다……. 나는 휠체어 아래에 누워 나사를 조일 때 무얼 했는지 다시 한번 머릿속으로 정신없이 훑었다.

내가 나사를 제대로 조였던가?

그러는 동안 나머지 관중도 무슨 일인지 알아챘지만, 이런 상황을 통해 아빠를 향한 호의가 더 강해진 듯했다. 그들이 크게 외치는 소리가 내 귀에 천둥처럼 울렸다.

"앞으로! 앞으로!"

나도 다시 고함을 질렀다.

흔들림이 더 심해졌다. 아빠는 필사적으로 경로를 유지하려고 했다. 하지만 그런 상태로 더 가다가 형광 노랑과 완두콩 초록에게 대가를 치르고 말았다. 두 경쟁자는 관중의 포효 속에 아빠를 지나쳐 이제 얼마 남지 않은 결승선으로 내달렸다.

"제발 버텨, 제발 버텨 줘."

나는 이렇게 애원하며 휠체어가 내 말을 알아듣기라도 할 것처럼 시선을 집중했다. 결승선 바로 앞에서 무너지지 마! 형광 노랑은 이미 결승선을 넘었지만 거기에 관심을 기울이는 사람은 아무도 없었다. 모두의 눈길이 아빠를 향했고, 완두콩 초록이 형광 노랑을 이어 결승선을 통과할 때도 마찬가지였다.

휠체어 좌석은 이제 위험할 정도로 흔들렸다. 아빠는 점점 더 세게 비틀거렸지만 용감하게 뒷바퀴 핸드림을 잡고 계속 달렸다. 마지막으로 온 힘을 다해 다시 한번 속도를 높였고, 맥주와 소시지 판매대 주인들의 열광적인 환호까지 받으며 가까스로 결승선을 넘었다. 그러고 겨우 50센티미터쯤 지난 후에 휠체어는 아빠 몸 아래에서 완전히 무너졌다. 하지만 상관없었다. 균형을 잃고 비틀린 상태에서 양팔을 번쩍 든 아빠는 조 바이든 미국 대통령 취임식 때 시를 낭송해 신스틸러가 된 아만다 고먼처럼 축하를 받았다.

우리 모두는 이제 더는 참을 수 없었다. 나도 요나와 함께 자유분방한 승리의 춤을 즐겼다. 하지만 안타깝게도 이미 상당히 질퍽거리던 아이스크림이 크게 곡선을 그리며 콘에서 튀어 나갔고…… 정확하게 로빈을 향해 날아갔다! 너무 갑자기 일어난 일이라서 미처 잡을 수도 없었고, 그렇게 초콜릿 아이스크림은 **하얀 티셔츠**에, **로빈의 하얀 티셔츠**에 떨어졌다.

온 세상이 숨을 멈추고, 운동장 전체가 쥐 죽은 듯이 고요해지고, 모두 눈을 크게 뜬 채 로빈을 지켜보는 것 같았다. 천천히 자기 몸을 내려다본 로빈은 처음에 아무 말도 하지 않다가 다시 천천히 고개를 들었다. 그러고는 “애고고.”라고 말하고서 웃음을 터뜨렸다.

나는 너무나 기뻐 무릎을 꿇고 쓰러질 것만 같았다. 하지만 그러는 대신, 이미 오래전에 해야 했을 행동을 취했다. 로빈을 꽉 끌어안은 것이다. 우리 몸이 닿자 사이에 낀 걸쭉한 아이스크림이 입맛을 다시는 듯이 쩝 소리를 냈다. 우리는 발가벗고 흥겹게 서로에게 휘핑크림을 바르던 유치원 시절로 순식간에 돌아갔다. 몸을 떼자 우리 둘의 티셔츠에는 아주 커다란 갈색 얼룩이 두 개 묻어 있었다. 그래서, 또 온갖 다른 이유에서 우리는 목청껏 크게 웃었다.

다행스럽게도 세상이 다시 제대로 돌아가기 시작했다. 나는 엄마와 마리아 고모보다 더 빨리 아빠에게 가려고 급히 달려 내려갔다. 그러고 감동에 휩싸인 채 주저앉아 아빠를 열광적으로 안았다.

"아빠, 아빠가 해냈어요!"

나는 떨리는 목소리로 아빠 귀에 대고 속삭였다.

"아빠는 날 수 있어요!"

드디어 오늘이다. 오늘 '황금 악마들'의 콘서트가 열린다! 나는 벌써 한 시간 넘게 거울 앞에 서서 이 장엄한 행사에 맞추어 요란하게 몸단장을 하는 중이다. 요나가 나를 데리러 곧 올 테니 이제 슬슬 끝내야 한다.

나는 은은한 향수를 뿌리다가 멈칫했다. 턱을 조심스럽게 다시 한번 쓸어 보고 거울에 바짝 다가섰다. 그랬다, 이제 또렷하게 보였다. 페르디는 이제 더는 혼자가 아니었다.

오늘도 우당탕탕 못 말리는 보통 가족

1판 1쇄 발행일 2023년 6월 19일
1판 2쇄 발행일 2024년 11월 25일

지은이 유타 님피우스
옮긴이 전은경

발행인 김학원
발행처 (주)휴머니스트출판그룹
출판등록 제313-2007-000007호(2007년 1월 5일)
주소 (03991) 서울시 마포구 동교로23길 76(연남동)
전화 02-335-4422 **팩스** 02-334-3427
저자·독자 서비스 humanist@humanistbooks.com
홈페이지 www.humanistbooks.com
유튜브 youtube.com/user/humanistma **인스타그램** @humanist_gomgom

편집주간 황서현 **편집** 김나윤 이영란 **디자인** 유주현
용지 화인페이퍼 **인쇄·제본** 정민문화사

ISBN 979-11-7087-005-0 43850